吃好，喝好，日子过好

蔡澜 著

中国友谊出版公司

目录

第一章

你当温柔，且有力量

第二章

活着，就要做有意义的事

第三章

原来人可以这么快乐

第四章

吃好喝好，就是功德圆满

第一章

你当温柔，且有力量

男人和女人

男人和女人，完全是两种不同的动物：

一、我们男人用电话，最多三分钟就把事情讲完。

二、出门三天，最多一个包箱就够，拿出或收拾衣服，都只要十多分钟。

三、不怕发型屋或纤体院打抢我们的荷包，化妆品省下的钱，更是无数。

四、老朋友根本不管我们有多胖，不会叫我们减肥。

五、姓什么就姓什么，前面不必加另外一个人的姓。

六、我们晚上睡觉的样子，和我们翌日起身的样子，是一样的。

七、我们穿来穿去，都是那几件衣服、那三双鞋，我们也不想指挥别人穿什么。

八、我们不管穿什么，都可以把脚打开着坐。绝对不会有失仪态。

九、公司里有同事在我们背后说坏话，我们可以一笑置之。

十、参加一个派对，看到别的男人和我们穿一模一样的衣服，我们都不会介意。

十一、我们坐在车后，绝对不会叫驾车的朋友转左转右。

十二、我们想什么就讲什么，不会假装说这一切都是为你好。

十三、老朋友带什么女人上街，我们不会品评她们的美丑。

十四、我们不会劝告朋友，你要保持冷静，千万别做傻事。

十宗罪

丑女人，并不讨厌。

她们知道自己不好看，就用其他长处来弥补这个缺点。像努力学习，成为专家；或塑造开朗的个性，谈吐幽默，讨人喜欢；等等。丑女人会越来越美，尤其是当男人心灵空虚的时候。这世界很公平，让她们嫁得出去，最终，平均起来，她们还是占大多数的。

但是，讨厌的女人，绝大多数丑。自古以来，就有“丑女多作怪”这句话。

这些女人，如果她们称得上是女人的话，很容易认出，你身边有的是。

第一，说话时不用眼睛望着你，鬼鬼祟祟左看右看，整天想些坏念头。

第二，从不公开发表意见，总是和左右的人耳边细语，造谣生非。

第三，鸡毛当令箭，抓到一点点的权力，从不放过，使尽为止，能令对方多难堪就多难堪，这是她们唯一的乐趣。

第四，一开口，嗓音总是乌鸦般难听，嘴巴也放大，像只唐老鸭。

第五，谈话内容一定先表扬自己有多厉害，什么都懂，时常夹一两句发声不准、文法不通的英文来显示自己的语言能力。

第六，贪婪。小便宜绝不放过。喝茶时，临走会将桌上的那罐小蜜糖放进皮包。

第七，奉承。利用自己的小聪明，说了一大堆话之后，主题转到有钱有势的局中人，不要脸地赞美对方，要多肉麻有多肉麻。

第八，欺负人。对属下呼呼喝喝，在别人面前展示自己的威力。

第九，吝啬，从不见她们请客。还有肮脏，衣袖上有油渍也不肯花钱去洗。

第十，爱唱卡拉 OK，这一点最要命。

遇到这种又丑又恶的，最好当她们是透明的。

要整容，不如先整心

看到新加坡的一则消息，有个叫沈罗连的医生拼命替女人拍照片，从十八岁到四十岁，已经拍了一万张。

沈医生是为了他的职业而这么做的，他是位整容专家，但是要求女人让他拍照时还是有困难的，他说："她们用怀疑的眼光看着我，把我当成色狼。"

好在，有个女实习医师帮他的忙，先代他搭路才顺利地完成任务。他认为把新加坡女子的面貌综合起来，找出一个理想的样子，好过模仿西方女人。

"我们东方的女子双眼之间隔得太开，"沈医生说，"鼻子太大又太扁，额头太凸。但是这些缺点调和起来，还是有东方味道的，如果根据洋妞去改，反而是四不像。"

一般来说，新加坡人认为电视明星郑惠玉的样子相当的理想，但是能有多少个郑惠玉呢？稀少才觉得珍贵呀，大家都像郑惠玉，那么新加坡人就会欣赏那些额头小、双眼间宽、鼻子大的女人了。我认为自然的还是可爱的。

沈医生有不同的见解，他说：“其他的整容医生对双眼太宽的解救方法是把鼻子弄高，将鼻孔改窄，但这么做便不像一个东方女子。我的方法是将鼻端弄得更尖。”

哈，尖了还不是那个鬼样？

整容的女人，多半是缺乏自信心的。整过之后，一生便永远戴个假东西在脸上。何必呢！而且整失败的话永不翻身。如果成功，那更糟，会上瘾的，这里整整，那里整整，又跑出个黄夏蕙来。

美，的确占便宜。但是短暂得很，不会做人的话，一下子便令人生厌。有些女人一看平凡，但是越聊越觉得她们有味道，这完全是脑筋问题。

把钱花在增广学识上，或多旅行令心胸广阔，这是基本。要整容，不如先整心。

美容
BEAUTY SHOP
Salon
JALAN PETALING
茨廠街
PETALING STREET

你了解男人吗

女人从来不了解，男人为什么要有些玩具。总骂男人长不大，长大来干什么？男人继续玩，有时拆开来看，坏了，被女人骂。女人小时候有洋娃娃，长大后的玩具除了珠宝就没多少选择。她们认为已经拥有最大的玩具，那就是她们的丈夫和儿子，也拆开来看。我们差点给她们玩死。（蔡澜语录）

这个是老笑话了，也许你们女人听过几百次，我找不到东西写，只有再让你们听听："你了解男人吗？"

一、好男人，多数是丑的。

二、英俊的男人，多数很坏。

三、又英俊又好的男人，多数是同性恋。

四、又英俊又好又很正常的男人，多数已经有老婆。

五、不英俊，但是好的，没有钱。

六、不英俊，但是好的，又有钱的男人，多数以为你爱他们，是为了他们的钱。

七、英俊的男人，没有钱，要和你交朋友，是为了你的钱。

八、英俊的男人，又不太好，但很正常的，多数认为你不够漂亮。

九、认为你漂亮，又是正常的男人，虽然温柔又好，但多数不敢约你出去。

十、有点钱，有点英俊，有点正常，对你有点好，又是没有老婆的男人，从来不主动来约你。

十一、对不采取主动的男人，女人只好采取主动。这下子可完了，他又会以为不值得娶你做老婆。

为了报复，女人认为对待男人，应该像对待红酒一样。

像红酒一样？那不是很好吗？男人沾沾自喜。但是女人的想法是：

一、要像葡萄一样，用脚来踩！

二、要把他藏在黑暗之中，等待成熟了，才带他出去。

话说回来，就算一切顺利，女人找到如意郎君，但是再过几年，女人又认为这个男人不值一嫁了。

所以，女人是很复杂的，不管嫁不嫁得出去。

这世界哪有什么剩女

亦舒又在另一期的《明报周刊》专栏中，写了一篇《感情》，提到我的观点："所有感情的烦恼，都因为当事人爱得不够。你若爱他，不会遭遇第三者，不会分居两地，也不会认为爱上不该爱的人。诸多踌躇，均因爱他不够，爱自己更多。"

我说过很多关于感情的话，已不记得，好在亦舒提醒。但感情的事，也会因时间而变，你们虽然有过金石之盟，一旦对方已经变成了另一个人，那没什么可犹豫的。因为你的承诺依旧，可是对方已经不是当初那个人。离开了，是可以谅解的。

至于文章中提到把年纪大了还未婚的女人称为"剩女"这回事，我也同意该观点是无知的。当今是什么时代，不结婚就不结婚，结了婚也不代表完美，有什么所谓剩与不剩？

问题是克服自己的心魔，人家说你，你就自以为是剩女，那么，神仙也救不了你。要是你不管其他人的闲言碎语，你才是一个真正的自由人，一个好的女人。我身边有很多这种好女人，她们有空了就去旅行，探望远地的老友，爱读书，喜欢看电影。这些精神伴侣，比一个坏老公强得多。

我尊敬她们对不结婚的态度，不被世俗捆住，不向制度低头。动物之中没实行一夫一妻制，有人说人类的智慧高于其他动物，所以婚姻制度才产生。而这种规则，因时代而变。你如果是古人，一妻四妾；你要是生长在国外某些民族地区，一妻多夫，也是自然的事。

谈到性，似乎对亦舒不敬，她从来不提，不过在近作中，描述把男人换了又换的剩女，趣味性极高，推荐你一读。

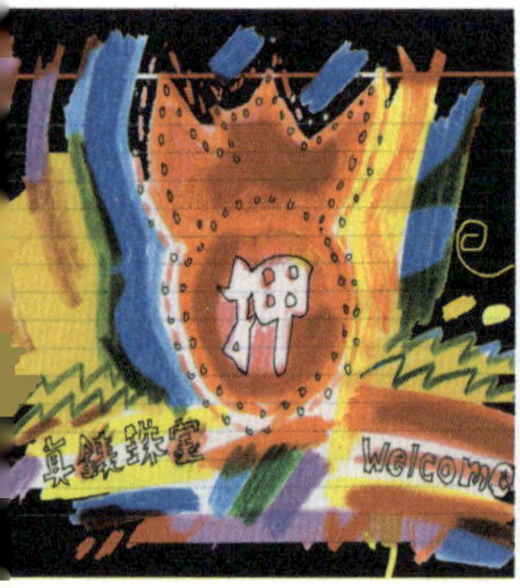

和女孩搭讪的技巧

在国外，和女孩子搭讪，最低劣的手段是嬉皮笑脸，走上前去，问道：“我可以请你喝一杯酒吗？”

遭受白眼是当然的事。

只有一个例外，那就是对方的职业为应召女郎。

一个男人在外地寻花问柳，已经代表这个人百般无聊，山穷水尽，一点尊严也没有了。要不然，狩猎行动总是高贵的。

“你说得容易，语言又不通，怎么结识？”年轻人摇着头，以不信的眼光说。

的确不难，但是要有条件。

条件是，表情绝对不能猥琐。

条件是，衣着至少要干净、整齐。

条件是，你对自己要有一百分的自信。

最后的条件是，你的面皮要多厚有多厚。

前三条不难做到，最后的一则也不是不行，失败了几次，越得不到手越勇敢。之后，你的脸皮已经是由钢铁造成的了。

首先，是选好“狩猎”场地，年轻人群集的地方、流行的高尚吃茶店不要去，因为他们的话题离不了化妆品、名牌手提包或者法拉利跑车。麦当劳也不要去，品位有多高，一目了然。最热门的迪斯科更千万不能去，你要讲些什么，对方根本听不清楚。

每一个地方总有热爱文艺的青年。爱文艺的都喜欢电影，所以他们会选择一个叫“北非谍影”（Casablanca）的咖啡室去谈天，每一个城市都会有一家以此为名的去处，有时他们更会用戏里的 Risk'sCafe。

在那里，你首先买一杯酒，打一个圈，选中对象之后，单刀直入地说一个笑话。对方笑，你已得手。对方不睬你，谢谢，再见。

其次，没有所谓话不通的，有点学识的女孩子都会一两句简单的英语，你可以先用手指着自己，说：“我。”再指她，说：“你。”然后说：“我令你很快乐。”她们开始注意，你接着说：“用左手。”她们有点好奇。你再说：“又用右手。”她们仔细听。你说：“还用舌头。”她们以为你在说咸湿东西，有点不高兴。最后，你下撒手锏，把左右手指插在双耳摇动，又伸缩舌头发出声音做鬼脸，包你引得她们狂笑。大功告成。

当然，双方是否能交往，只能听天由命。但是寂寞的旅人，目的是找个伴聊聊。先无欲，态度更是大方。

有勇气尝试的人都说：失败率，几乎是零。

婚姻恐惧症

“阿卜患了婚姻恐惧症。”友人把这消息告诉我。

记得他是位年轻知识分子，人长得矮小，但颇英俊，收入也固定。

“今年也三十出头了吧？”我说。

“他和女朋友拍拖，已经六年了，”友人说，“女的你也见过。”

样子惹人喜欢，又通情达理，选中了她，没错呀，我问：“怕些什么？”

“本来大家讲好不结婚，也不生小孩的。”友人娓娓道来。

“很好的安排呀。”

“女的在这段关系中照样结交其他男的，也从来不带阿卜去见她家里的人。”

“很正常呀！没结婚的话见来干什么。”

“连她姐姐进医院，女的去探病，都是叫阿卜在楼下等。”

“少一事省一事，病房又不是花园。如果我的女朋友叫我在楼下等，看书好了。”

“他们在几年前决定一起出钱，同买一间屋子，不必再租。”

“很合理的安排。只要房子是两个人的名字，分开时一人一半，没什么不好。”

“问题发生了，最近女的叫阿卜回家去吃饭。”友人说。

“哈哈，丈母娘见女婿，越看越欢喜。”我说，“为什么在这个时候才叫呢？”

“他们的房子已供满了。”

我笑了：“横一刀，竖一刀嘛。”

“但是阿卜怕得要命，这是从前没发生过的事呀，他问我怎么办。”

“阿卜有没有其他女朋友呢？”我反问。

“据我所知，没有。”友人说。

我懒洋洋地说：“没有其他女朋友的话，根本没资格去谈婚姻恐惧症。”

大男人从保护女人开始

怎样叫一个男人？

基本上，他要守时、有礼貌、重诺言。这是我问父亲的第一个问题，他那么回答我。

从此做了数十年，非常辛苦，尽量不去违反父亲的教导，虽然说不合时宜，但做一个不合时宜的人，是很过瘾的，这只有自己知道，旁人不会了解。

骗人算不算坏事？

不伤害对方的谎言，说也无碍。骗人需要技巧，不容易学到，还是别去尝试，不然一下子就被人拆穿。学习一种叫作把事实保留的方法吧。不告诉你，是最强的武器！

侠义呢？

路见不平，拔刀相助，那得有功夫底子才行。赔上命不是办法，打电话报警吧。

仁义呢？

听江湖大佬的话，人先死。谈不到做不做一个男人。

节俭成性呢？

孤寒的男人，永远是一个最低级的男人。对别人慷慨，对自己刻薄，是可以接受的。别人骂你傻，你心中高兴就是。

和男人的友谊呢？

友谊是永远存在的。和自己的知识水准不能相差太远。小学中学时的友谊会随思想的成熟而变化，不能死守，虽疏远，但还是怀念，仍然关心。

和女人的友谊呢？

很难，但也有。

要不要做一个大男人？

大男人从保护女人开始。有太太赚钱，丈夫花亦无妨的胸襟，才叫大男人。

Lover
in
India

变心是人的本性，不要当成罪恶

纯情的少女，看到被男人遗弃的女友，大感同情。

“怎么可以把一个发生过感情，又发生过关系的伴侣，就那么丢掉？”她说，“要是事情发生在我身上，我一定死去。”

事情发生在她身上了，也死不了，照样活下去，伤心一阵子罢了。

男人抛弃女人的例子听得多，其实女人不要男人的例子，也占了一半。

这位纯情少女，当有一天再次恋爱时，当然懂得珍惜。不过，忽然她会对这个男人生厌，爱上一个新的。这时候，头也不回，她的绝情，比男人还狠。

“怎么可以把一个发生过感情，又发生过关系的伴侣，就那么丢掉？”这句对白，现在轮到那个被抛弃的男子说了。纯情少女，做了负心妇，自己从不觉醒。

我们都把“在天愿作比翼鸟”的故事看得太过天真了，我们年轻的时候，把一切当成美好，永远不存任何疑问地爱上一个人，或者被爱，那是对感情这回事儿很陌生。

长大了，被人出卖的例子出现了太多次，自己也学会出卖人。人的变心，其实是基本的功能，当成罪恶，是自己太傻。

只剩下我们这群老古董，做事才不会反悔，承担一切后果，当年的诺言，至死不渝地遵守，我们可以被制成标本，抬进博物馆去开展览会，让后人当化石研究。

问当今男女什么是恋爱，他们回答："新对象一出现，恋爱就停止。"

爱的定义，是新的对象出现之前的一段脆弱感情，人不变心，是因为新对象还没出现，就是那么简单。他们解释。我们老古董，还是不懂。

令女人暗恋一辈子，就是男人味

女友问我：“男人心目中的女人味是什么？”

我回答：“会发生三种现象。”

“哪三种？”她问。

“第一，”我说，“即刻令男人有性的冲动。”

“太直接了吧？”她说，“也太过简单，怎么只有性，没有别的？”

“你问的是男人的观点，男人就是那么直接，女人不懂。”我说。

“好，那么第二呢？”她又问。

“第二是令男人觉得其他女人都失色了。”我说，“一直想在她身边流连。得不得到她，不要紧。”

“好像能理解。”她说，“那么第三种现象呢？”

“第三，虽然不肯离开她，但是又要离开她。有女人味的女人，令男人自惭形秽。”我说。

“好在我没有。”她拍拍胸口说。

我想说：“我的目的，就是讲这句话。”但是没有开口。有女人味的很寂寞，多数因为寂寞而被男人追到手。

“气质呢？”她问，“什么叫气质？”

“和女人味一样，有女人味就有气质，发生的现象也相同。”

“是不是可以培养出来？”

“一半，一半。”我说，“天生一副懒洋洋的个性，也形成女人味，不是后来可以学习得到的。”

“那么什么是男人味？”她问。

“男人味发生的现象，只有一种。”我说。

“那是什么？”她追问。

“令女人暗恋一辈子，永远开不了口告诉他，就是男人味。”我拍拍胸口说，“好在我也没有。”

男女不可抗拒的二十种魅力

有则外电报道，说英国的一项研究，访问了四千个男女，各自列出异性二十种最不可抗拒的魅力，结果是女的认为男性的微笑最厉害，而男的认为女性的身材，是最难招架的。

哈哈哈哈，微笑谁不会呢？而女性的身材，不喜欢的话，多好也没用呀！

在男性的二十种魅力中，我跑到浴室去照照镜子，自问自答：第二位幽默感，我认为自己是有的。其实大部分将肉麻当有趣的男人，都以为自己拥有的是幽默感。

第三是体贴。那要看对方是什么人，有些八婆阴阴湿湿，奄尖夹腥闷（此句是粤语方言，意思是挑剔、要求高），怎么去体贴？

第四是慷慨。现在我有点条件。我做穷学生时也颇慷慨，有朋自远方来，拼命请客，他们走了之后，挨一个月方便面的事倒也是有过。

第五是聪明。我自认缺乏。

第六是亲切。和体贴一样，视人而定。

第七是懂自嘲。那是我无时无刻不在做的。

第八是放肆和调皮。我天生俱来，到了这个年纪，还在捣蛋。

第九是爱家庭。我自问孝心十足。

第十是健康体魄。全不及格。我这种抽烟喝酒不运动的人，谈什么健康体魄呢？

第十一是专注。我只对自己喜欢的事物专注，念书时数学没及格过。

第十二是眼神有长时间的接触。我也有。别误会，那是因为我老花眼。

第十三是热情。我已经退化了。

第十四是强壮臂弯。又不是大力士，有什么好？

第十五是对小朋友友善。那是应该的，但对那些又丑又作怪的小鬼，怎么伪笑得了？

第十六是积极。这是我做人的态度，受之无愧。

第十七是穿西装有型。那是由别人来判断，自己怎么认为自己有型都是假的。

第十八是自信。我每天都在学习新事物，累积下来，活到了这个阶段，才有一点。

第十九是宽阔肩膀。有了又如何？

第二十是留有须根。那还不容易，几天不刮胡子就行。现在留了须，算不算在里面？

男性认为女人不可抗拒的魅力也有二十条，第一是姣好身材，对于我，并不重要。

第二是乳沟。有些我还不屑一顾呢。

第三是幽默感。啊，的确有魅力，这是我要求女人必备的条件。

第四，咧嘴而笑，要看对方牙齿整不整齐。

第五，逗人发笑，是丑女最大的武器，连这个也没了，就失去了求偶的希望。

第六，丝袜和吊带袜，有了更好，没有的话也不影响性的冲动。

第七是可爱傻笑。很好呀，有些时候，少了一根筋的女人，笑起来的确可爱。

第八是香味。最好别搽贱价的香水。一个摄影师曾经问我，女友身体很臭，怎么办？我回答说爱上就不觉得了嘛！难道你要把羊奶芝士洗了之后再吃吗？

第九是懂得自嘲。那是幽默感的一部分，很重要。

第十是可靠，有哪个女人可靠了？没听过“天要下雨，娘要嫁人”这句古语吗？不害你已经谢天谢地，其实男人也是一样。

第十一是短裙，当然比遮掩起来好看，但也要看对方的腿粗不粗才行呀。

第十二是长靴，那也要看她们的腿长不长呀。有被虐狂倾向的男人，会特别喜欢吧，我看到满街都是穿长靴的矮肥女人，有点倒胃。

第十三是邻家女模样，这最骗人了。和邻家女青梅竹马，没上过战场的男人，一碰到更好的，就临老入花丛。

第十四是爱搞鬼，不错不错，调皮捣蛋的女子，总好过死死板板的。

第十五是长腿，这我举手赞成，但要配上腰短才行，东方女人多数是相反。

第十六是乐观，其实不应该排在第十六，排在第二、三才对。

第十七是好的聆听者，这也很不可靠，起初也许扮得出，女人一与你混熟后，多是喋喋不休的。

第十八是知性对话，很重要。

第十九，凝视的眼神，那是她们拍照片时的招牌动作。

第二十，善于理财，这不是什么魅力，是她们天生的。

最后，觉得很奇怪，互诉对方的魅力，怎么不提有没有钱？真那么清高吗？大概访问的对象，都是有情饮水饱的十七八吧？

女人给男人的十八句心里话

谢丁君说他也要替女人说些公道话，别让男人误会。

一、问你：“我是不是胖了？”请你不必按照事实回答。我们只爱听一句话，那就是：“即使你胖得和气球一样，我也收货。”再恶心的谎言，我们都开心。

二、用完马桶，请将厕板放下。而且，请你瞄准一点。

三、头发的长短，是我们的自由，请你们不要长太多头皮，我们已经满足。

四、打电话给你，表示想你。

五、男人除了足球，能否想其他事？

六、有什么运动比逛商场好？

七、女人永远少一件衣服、少一双鞋子。这点你们也不懂，算什么男人？

八、穿什么衣服，是给你面子。

九、你不要面子，我们要。

十、当我们直说，别以为命令你。

十一、哭泣，对我们来说，有时是一种愤怒的表现。

十二、如果你们不喜欢翻旧账，就请别问我们和从前的朋友关系到了什么程度。

十三、我们也有性幻想。

十四、别以为整天看电视，就是陪我们。

十五、听到旧情人的消息，我们当然会想到他们的身体。而且，我们想旧情人时，你们不会知道。

十六、其实女人比男人宽容得多，当男人骂女人“你怎么这么笨”时，大多数女人会当它是开玩笑；但当女人骂男人“你怎么这么笨”时，男人就受不了。而且这种话，你们绝对不会在三天之内忘记的。

十七、说有事，你们帮得了吗?

十八、请不要在追到手时就做一百八十度改变，出现这种行为，谁都会有被骗的感觉。

男人不怕官，只怕管

“不怕官，只怕管。”男人说。

男人不怕官绝对有理由，因为只要他们按期缴税，开车不要开得太快，做官的怎会来烦他们呢?

要管男人的不是官，是女人。

女人一没事做，就想到要管人，她们从小要管父亲：“爸爸，不要抽那么多烟！”

她们从小要管母亲：“妈妈，不要打那么多麻将！”

到了学校，她们向老师打小报告：“Madam（老师），伍志强又在偷看连环画！”

回到家里，她们要管弟弟：“爸爸妈妈说，要是你不好好读书，就不能出人头地。”

哥哥在看电视，她们走过来把它关掉。她们的哥哥，已经开始察觉到女人的讨厌。

但是，这个时候，她们本能地发挥情感的抗生素，她们会说：“你整天工作，那么辛苦，回到家就应该好好休息，这一切，都是为你好。”

男人听了只好屈服。

在女人的一生中，只有一个很短暂的时期，会忘记管男人的天性，那就是她们初恋的时候。

这时，男人说的一切都是美好的，一切都是对的，她们含情脉脉地望着你，依偎在你的怀里："你说什么，就是什么。"

但是，送给男人的一个幻觉一刹那就过去，只要男人爱上她们，女人已经技痒："我看还是照妈妈的意思，把婚礼弄得隆重一点吧！"

从此，她们侵入男人的保护区，一大巴掌打到男婴的屁股上："叫你在地上小便！"

推醒熟睡的丈夫："喂！明天叫装修师傅来看看房子！那堵墙的颜色难看极了！"

连锁性的命令，通常包括："多穿一件衣服！""那件蓝色的西装比较好看！""不！我喜欢本田汽车！奥迪车有什么好？"

女人将管人的本能推到最高境界，直到有一天，她的好女儿接过棒来，向她说："妈妈，不要打那么多麻将。"

现在才明白为什么有那么多男人喜欢头脑少了一根筋的女子。她们柔顺，她们笑嘻嘻地不发表意见，她们只会整天吃喝玩乐罢了。

有时，你看到英俊高大的男人，身边有一个很平凡的女伴。不为什么，因为她们不会管男人，道理就那么简单。

女人最可怕之处就是要求男人听话

“绑安全带！”一上车，女人已经命令。

驾了那么多年车，男人怎么不会做这件事？但还是客气地，“呀，差点忘了。”

出了门口，男人向左转。

“右转！”女人又命令。

“昨天这个时候那条路塞车。”男人解释，“今天不如换一条路走吧。”

太太显然对这个自作主张的“部下”不满，但不出声，心中想：“嘿嘿，要是另一条路也塞车，就要你好看！”

有那么巧就那么巧，其他人也聪明地转道，变成一条长龙。

“昨天塞车，并不代表今天也塞车呀！”女人说，“要是你听我的话，不是没事吗？”

“是，老婆大人。”男人只有乖乖地依着女人指定的方向走。

当然，又是一条长龙，繁忙时间，哪有不塞车的道理。但是女人说：“这条龙比刚才那条短得多！”

“你看得出哪一条龙长，哪一条龙短，这可出奇了。”男人想讲，但忍了下来。

闲来无事，两者又无对话，男人打开收音机听新闻。

“每天都是波斯尼亚战争、乌干达难民，有什么好听？”女人伸手一按，录音带播出邓丽君的旧歌。

后面有辆的士一直在按喇叭。

女人转头，狠狠地瞪了的士司机一眼，大叫道：“响什么？赶着要去奔丧啊？”

“那些年轻人血气方刚，听到了什么事情都做得出的。”男人低声下气地说。

“怕什么？”女的理直气壮，说完就要按按钮卷下玻璃窗，伸头出去咒骂。

“别……别……”男人慌忙阻止。

好在的士司机已经不耐烦，越过双白线。

“跟他走！跟着他走！”女人再次命令，“老在这里等着，什么时候才能赶到？”“那是犯法的呀！警察抓到会抄牌的呀！”男人抗议。

“人家怎么不怕？”女人以轻视的目光看着男人，“要抓也是抓他去，你……你……”

男人在女人还没讲到“没种”这两个字之前，战战兢兢地把车驾出双白线，越过别人的车子。

忽然迎面来了几辆车，喇叭声大作，男人即刻把车子闪到一边，捏了一把冷汗。鞠躬作揖地要求排长龙的司机让一让，才能将车子驶进去，但是他们不买账，一车跟一车地贴得紧紧的，绝对不腾出一点空间。

“冲呀！”女人斩钉截铁地命令。

男人即刻照做。

这次，迎面来的是一辆运货柜的大卡车，砰的一声巨响，撞个正着，奔驰的车头已扁，冒出浓烟。

女人的第一个反应不是看丈夫有没有受伤，她尖叫：“要是你听我的话做，不就没事了吗？”

货车中跳出两名彪形大汉，直冲车子走来，男人心中叫苦：“完了，这次完了！”

嗡嗡巨响，骑白色大型电单车的交通警及时赶到，男人好像得到救星，跳出车子，紧紧地把他抱住。

交通警大力地把男人一推，大喊：“多告你一条同性侵犯罪！”

“救命！”男人哀求。

交通警慈悲心发，安慰道：“别怕，有我在，那两个男人不会打你的。”

“我不是怕那两个大汉！”男的已经歇斯底里，“我怕的是坐在车里的那个女人！”

“你说什么？”太太下车狂吼着冲上前。

男的落荒而逃。

“喂！”交通警在他身后大叫，“你的奔驰车不要了吗？”

“车子！老婆！”男的边逃边喊，“都送给你！”

交通警欲跳上电单车追来，但给其他车辆阻着。男的跑了几条街，抬头一看，是结婚前的女朋友住的地方。

男人直奔进女朋友的怀抱：“快点收拾行李，我自由了，我们马上乘国泰航空到欧洲去旅行！”

女的大喜，抱着他吻了又吻。正当男的觉得一生幸福由此开始的时候，女的说：“不如坐维珍航空吧。”

“为什么？我一向坐国泰的。”男的说。

女的回答：“听我的话做，没错。”

“咦？这句话在什么地方听过？”男人觉察后鸡皮疙瘩竖起，大喊，“不，不！”

冲出门，男人再跑几条街，跑回妈妈家里，直奔母亲的怀抱：“我再也受不了所有的女人。”

世上只有妈妈好。妈妈抱着哭泣的儿子，摸摸他的头：“老早就说那个女人不适合你。要是你听我的话，不就没这事了吗？”

心若年轻，永远不老

从前在宴会中，一桌十二个人，坐下来，好像我永远是最年轻的那个；现在，坐下来，好像我一直是最年老的那个。

如果你笑我老，我一点也不在乎，因为，有一天，你一定会得到报应。

人类都会老，老并不是一件可怕的事，但是老得顽固和老得懊恼就不好了。我们有肉体年龄和精神年龄，家父说他五十岁之后，生日便开始倒数，所以今年算起来才二十岁。

反而，看到生活刻板、不苟言笑、毫无嗜好的年轻人，他们才是真正老了。

老人应有性生活，即使不常做，嘴里心里也要不断地提起，日本那个一百二十岁的老头，说他喜欢女客来访，尤爱在电视上看到女人的镜头，特别是广告中穿着泳衣的少女。

幽默感也极重要。人家问八十七岁的乔治·宾斯道："请问，你最后一次性行为，是什么时候？"

乔治听了懒洋洋地回答："今天凌晨，两点钟。"

"人之一生，只年轻一次，好好珍惜。"大家都那么讲。听到后差点喷饭。

只年轻一次？那么人到中年，也当然只有一次啦！变为老年，难道可再？

所以，既然都只有一次，每天都应该珍惜。

人到中年，为什么要叫“初老”，或是“不惑”？什么事到了“中”都应该是最好的，中心、中央、中原、中枢、中坚、中庸等。

不过，我还是不喜欢那个“中年”的名称。为什么不可以改称为“实年”“熟年”和“壮年”？怎么叫都好，我没有后悔我所经过的每一个阶段，它们都相当充实。

再过一些日子，我便要进入“老年”了。“老”字没有“中”字那么好听，老大、老粗、老辣、老化、老调、老朽、老巢、老表和老鸨等，但是再难听也要经过，无可避免。

幽静的环境下，焚一支香，沏杯浓茶，写写字、刻刻印，又有名山、佳肴和美女的回忆陪伴……

我的头发已白，但不染。

没自信的女人才靠隆胸取悦男人

曾看过一部日本的黑白纪录片，为女人整容印下的石膏面谱，数万个之多，堆积如山。

纪录片中还有替女人隆胸的镜头，在乳房下端开一个洞，把一些莫名其妙的东西注射进去，真是神奇，那个女人的胸部像拜神的发糕一样，噗噗噗地膨胀起来。

这是最原始的方法，后来发现注入的浓液出现毛病，和身体的细胞打架，不愿留下而喷出，弄得女人哭丧着脸，好在当年没有什么人权法，不然那些整容医生绝对被女人告到破产。

后来，我在日本，常带女明星去整容，和出名的十仁医院院长梅田混熟了。一天，到他诊所，他拿出两团半透明的东西，兴奋地大喊："啊！伟大的发明！叫西里共（硅）。对人体绝无害处！女人有福了！"

说完，他把那两团东西放在天平上称了又称："一定要分量平均，不然做出来一大一小！"

我好奇地望着。

"你捏捏看！"他提议。

当然不放过机会，摸了一下，觉得并不像观看的印象那么柔软。

梅田院长看到我的表情："是的，硬了一点，所以不能打进去，要开刀，你有没有兴趣看看？"

好奇心是我最大的毛病，即刻去矣。

梅田吩咐女护士为我穿上白袍，戴了面罩，走进手术室。见一个裸着上半身的女人躺着，已被施了局部麻醉，双眼还能溜溜地看人。

拿了签字笔在那女人平坦的胸部下各画了一条记号，梅田用锋利的手术小刀将它们割开，血流如注，差点不忍心看下去。

梅田把那两团硅胶大力地塞了进去。眨眼间，那女人胸前多了两块肉，和她那消瘦的身材极不相称。梅田向两名助理医生呼喝："缝上！"

年轻人眼力较好，两人左右一边，有如女红那么熟巧地你一针我一针，手术大功告成。

我看得目瞪口呆，双脚牢牢地种在地上，要梅田院长大力拉，才能离开手术室。

"不……不会……留……留疤痕吗？"事后我问。"当然有两道纹啦。"梅田说，"但是地心吸力会帮助遮掉的！"

"不过做爱的时候，丈夫也会看到的呀！"

"已经娶作老婆，还能退货吗？"梅田院长大笑。

随着科技的进步，那两团硅团渐渐地发展到质地较软，已经可以在乳晕下面割开，由此注入，疤痕小得多，只像两道眼睫毛般大。但是乳头不受地心吸力影响，不坠下去，所以遮不到那两道疤，这是最大的缺点。

直到最近，整容医生更有了在女人左右臂上各插一条管，弯曲地通到胸部，再将硅团注入的新技术。

这下可好，女人能够说臂上的疤痕是种牛痘留下的，天衣无缝。

但是就算注入的分量均等，到达胸部时，硅团有时集中，有时发散，结果还是一大一小，整容医生拼命用手塑造，也救不了，这是新技术不够完善的地方。

而且，硅团会出现分离现象，时常出现一个“8”字的形状。

如果各位在看女演员露出半边乳房的照片时，仔细观察，便能发觉本来的圆满中，忽然中间有道阴影。

要知道一名女人有没有做过隆胸手术也不难，通常是她们自曝出来的。一个平常不太穿低胸衣服的女人，有一阵忽然每张照片都露一露，那肯定已经做过。隆胸手术像一件新衣，手术之后不展示一下，花那么多钱，女人才不甘心呢。

发明硅团的是美国的大药厂，本来十分可靠，但近来大公司也承认有毛病，绝大多数动过手术的人，都有细胞本身排斥硅液的现象，可能长出毒瘤。现在大公司已经开始登记病人的信息，逐个赔偿。不过这都限于证实用过他们产品的患者。亚洲女子有些还求其便宜，找没牌医生做手术，更是告不得也。

隆胸女人切记要吃得多一点，保持略为丰满的身材，便能遮丑，要是越来越消瘦，已见胸骨，但还肿着那两团肉，极为恶心。

话说回来，女演员与欢场女人隆胸，为生财之道，又无可厚非。如果只是爱美，那大可不必。父母养育之躯，岂可白白糟蹋！

整容医生当然有另外一番解释：“牙齿不整齐换假牙，也不见有人批评。胸部不完美，增大了还不是一样道理，管人家说些什么！”

虽说爱美是女人的天性，但如此这般，是因为女人没有自信心才去做这些劳什子玩意来取悦男人，这一点倒要同情她们才是。

不管多完美的手术，一经抚摸，总会觉察不对劲，除非男人是一个毫无经验的笨蛋。英国男人也隆胸，雄性动物也好不到哪里去。

女人的话男人一定要听，但不一定要做

女人说：男人用性征服女人，女人用爱征服男人。

到底是谁征服了谁？让我们不分男女，以一个人类的观点来研究一下。

爱情和性，都有厌倦和淡化的一天。这两种武器，都太过原始，只适合用于小型的武斗，赢不了大型的战争。总要有一个结论呀！女人今天说。男人摇摇头，决定不了。总要有一个结论呀！女人明天说。男人又摇摇头，决定不了。总要有一个结论呀！女人后天说。男人只有点点头：你说什么就是什么吧。

结论是有的，结论是女人一定胜出，但是用的不是爱情，是永无休止的纠缠。

不相信吗？试看每一个家庭。男人绝对不是一家之主。

权力最大的，是母亲，或是父母亲的母亲。连小孩都知道这个道理。有什么得不到的要求，跟阿妈说，阿爸一定买给我。这一关行不通时，向阿嫲（“阿嫲”为粤语方言，“奶奶”的意思）老祖母撒娇，阿爸即刻投降。

愚蠢的男人，才以为在床上和一个女人睡了，便算是征服。他们是毫无自信地睁着眼睛，要看到对方的表情才能确定自己的胜利。

女人以道德当盾牌，说什么需要有感情才能做这件事。男人信以为是，不敢拼命要求，也没有女人的耐性，半途而弃，便认为女人的话是对的。其实怕人纠缠不只是男人，全人类都受不了。男人只要认清这一点，无往不利。举个例子，许多出名的美女为什么嫁一群完全不衬她们的丈夫？

道理很简单，因为这些男人向女人学会黏功，死缠滥打，什么事都做得出，包括抱着吉他在雨天的楼下等待。别以为老土，女人是吃这一套的。

女人起初会讨厌这个男人，但久而久之，认为他们好使好用，一下命令，即刻遵从，便先把他们放在一边备用，到失意和失恋寂寞时，男的马上乘虚而入，还有什么是没有感情做不了的？

第一次的性接触，总是刺激的。第二次、第三次、第一百次、第一千次……男女二者，对对方身体每一寸肌肉都看得一清二楚，对每一个架势，都预先知道。如果还会觉得刺激的话，那不是人，是稀有动物，值得科学家拿到实验室去研究。“不是说过，需要爱情的吗？”女人得意道。

爱情和性一样，第一天产生了，很舒服。第二天、第三天、第一百天、第一千天呢？

所有的优点都变成了缺点。

起初由马桶盖打不打开开始，到晚上开不开灯睡觉，到花钱怎么不先考虑一下，到对朋友比对自己更好，到对母亲比对自己更好，到邻居拥有你为什么得不到，到受不了你每晚的鼻鼾声，到……

女人喋喋不休的问题，海也枯了，石也烂了，山也崩了，地也裂了。

爱情在哪里？男人问。

好，一拍两散，离婚就离婚，谁也征服不了谁！

再也不是指腹为婚、媒人介绍的时代。大家的婚姻都经过轰轰烈烈的爱情。离婚，对人生是一次大失败。

离了婚可以得到第二春，可以得到另外一个人生，没有说错。但是同样会对性厌恶，爱情的消失，也是重复了再重复。不同的是，这次已经学会了忍。

常有人要求我替他们写个“忍”字。

“你结婚几年了？”答案是“二十年了”。

我即刻把他们轰出去，说：“结婚二十年，已是忍的专家，还写个劳什子？”

大家都这么忍个数十年，到底男人的耐性是天生不如女人强，男人不久已学会放弃，所以征服者还是女人。

连克林顿总统也要听老婆推行的失败计划。男人受女人的左右，不是一件羞耻的事，早点放弃顽抗，早点得到安宁。外国人也有一句老话：打不败他们，就随从他们吧！

男人一随从，便老了，再也没有创作的力量。因为男人要有一颗童心，才不会老。男人吸引女人的，是他们创作时的力量，是他们指挥时的神态，是他们做决定时的威严，女人看了必定融化。

如果以为女人和男人是同一品种，那是大错特错。女人是外星人。认清楚女人的小气、贪婪、纠缠、死要面子，男人才可以自得其乐。

千万千万要记得：女人讲的话男人一定要听；但是，不是一定要做。

天下太平，万寿无疆！

三个电话和三个女人

我不是怕她们凶，我只怕女人唠叨，烦起来没完没了，把我从前做过对不起她们的事一遍又一遍重复，每一个细节都记得清清楚楚，不管我听过多少次，她们还是照说不误，我这人最怕女人唠叨。（蔡澜语录）

新年北海道旅行团中，有位高大的男人，常戴黑眼镜，带着个不施脂粉、很漂亮的中年妇女和两个五六岁的可爱的小儿子，一起参加。

为什么我会那么注意他？都是因为他随身带了三个手提电话，个个都是最新型的，有时在市面上还买不到：全球首部三频 GSM900 /1800 /1900 的 L2000iMotorola 和 Ericsson R320，是 WAP 版的西装王，还有 Docomo&P208。

几天下来，和他混熟了，看他一个人坐在酒店大堂，忍不住问他："在日本只要用 PHS 系统的手提机就行，干吗带其余两个？"

"习惯了，改不了。"这位姓熊的先生说。

"你是经营手提电话的？"我总喜欢猜团友们干什么的，是个职业病。

"不，不，都是太太送给我的。"熊先生叹了一口气，说话时眼光对准电梯，预防说太太坏话时被听到，"她随时随地要找到我，我跑遍全世界，要逃避她时说系统不同，接不到她的电话，她就给了我三部，任何角落都能和我联络上。"

"但是爱立信那部和摩托罗拉的线路是重复的呀！"我说，"带摩托罗拉和 Docomo 两部不就行吗？"

"爱立信那部是在香港专用的。"熊先生说。

专用还带到日本来，也真难为了熊先生。我笑他："你的前科一定不太好。"

"是呀！你怎么会知道？我很倒霉，每次和另外一个女人在一起，总被老婆的亲戚看到向她报告，所以我要戴黑眼镜。像上次内地那个小的前往怡东酒店，在车子里就接到她的电话问我和什么人在一起，害得我过了海即刻把小的放在隧道口下车，如果老婆在酒店截住我，就糟糕了。"熊先生一面说一面紧盯电梯口。

"听你的口音不像香港人。"我说。

"我是新加坡人。"熊先生说。

"你还没有告诉我，你是干什么的。"

熊先生指着酒店大堂一角的机器："我是卖那台波子机里面的圆球玩具的。"

透明的塑胶球中，有各式各样的小公仔。这种东西我小时也玩过，投进一个硬币，用手一拉就出来一个球，数十年来，还是受小孩爱戴。

"别小看这个球，是宗大生意，全世界都有，所以我要到不同的地方去接订单。"熊先生说。

“厂开在内地？”

“山东。那里的女人一流，你没看过我那小的，长得比巩俐还要好看，不过盯得我很紧。”熊先生说完还是眼溜溜地往楼梯口看。

“那么怕，就别爱定一个，逢场作戏好了。”我说。

“不行。”熊先生摇头，“我是那种有感情才做得出的男人。”

我笑了出来：“听起来好像是女人的对白。”

“我不是怕她们凶，我只怕女人唠叨，烦起来没完没了，把我从前做过对不起她们的事一遍又一遍重复，每一个细节都记得清清楚楚，不管我听过多少次，她们还是照说不误，我这人就是最怕女人唠叨。”

“这几天接触下来，我发现你太太是一个很大方得体的女人，个性又豁达，看到她都是笑嘻嘻的，不像是注意小节的呀。”我说。

“你错了。”熊先生大叫起来，“越是看起来不像的，越唠叨，全世界的女人都一样！”

“老公！”一个女人声音从背后传来。

熊先生回头一看，吓得全身软掉，他一味注意电梯口，没有想到太太从大门购物回来。

“你……你……你！”熊先生只会说一个“你”字。

“我，我，我，我怎么样了！”她笑着问，“你又在背后说我的坏话是不是？”

“没有这回事，没这回事！”熊先生结结巴巴，“我哪里吃了豹子胆，敢在背后说你？”

“熊太太，”我说，“他的确没说什么。”

“别维护他了。”她说，“我跟了他那么多年，还不知道他的脾性？

我不会生气的。”

我心想，要是熊先生没有说错，他回到房间就死定了。

“老公！”她向熊先生使了一个媚眼，“看我买了什么东西送给你！”

“等一下再拆来看吧。”熊先生看着那包包装漂亮的礼物，转个话题，“日本人总在这方面下功夫。”

“即刻拆！”她板起脸命令。

熊先生一层一层打开，是最新型的手提电话，有个镜头，可以拍摄和播出对方的影像。

“现在只有日本才用得上。”她说，“明年全世界都有了。”

熊先生脸无血色，说不出话来，我只有打圆场：“熊太太真体贴。”

那个女的懒洋洋地说：“你别‘熊太太’长、‘熊太太’短地叫了，我只是二房。那个大的在新加坡，管得他更厉害，连我都怕了她。”

女人最不喜欢男人模棱两可

有一个调查，说女士选配衣物，一生要花两百八十七日。

何止？

总是配来配去，脱了又穿，穿了又脱，最后选中了一件，还是没有信心。

“穿蓝的好，红的好？”她们开始问对方。

“两件都好看。”要是你这么回答的话，不但迟到，连门都出不了。

还是说：“蓝的好。”

“真的吗？我认为是红的好看……”

“那就穿红的吧。”这么说，也是笨蛋，对方永远不会相信你的说法。

那应该怎么回答呢？很简单，要肯定，明明白白、清清楚楚、斩钉截铁地说：“蓝的好！”

“你肯定？”

大力点头：“蓝的好。”

跟女人是不必争辩的，因为你一定输，越早投降越聪明。不过当她们要征求你的意见时，绝对要坚持己见，她们就会乖乖地听了。

同样地，她们问："叫什么好呢？吃肉还是吃鱼？"

"吃肉。"你说，还要带点命令的口吻。

问她们也是多余的，点菜时，你做主："我认为先来个西泽沙律，再来一个龙虾汤，主菜烤块牛扒好了。"

说完把菜单合上，要是对方再纠缠不清，那么你叫你自己喜欢吃的，让她们慢慢决定，肚子一饿，决定就快。

女人，爱一个会为她们做主的男人，最不喜欢男人模棱两可。你以为要尊重她们的意见？别那么笨好不好。

恋爱，因为不断被出卖才有趣

男人一收工，就躲进房间，看漫画或打电动游戏机，整天和计算机为伍的，日本人叫他们“御宅”（otaku）。

御宅越来越多，出现了《电车男》一类的电视剧和电影，很受欢迎。

大家以为患有孤僻症，与家庭和社会隔绝的，都是男人，但是错了，原来也有“女御宅”（onnaotaku）。

最近她们一起去看演唱会，从十几岁到六十几岁，一集合就是两万人。台上表演的并非歌星，而是配音员。

配音员？不是在幕后的吗？也能成名？原来女御宅看了电动游戏机后，爱上帮男主角配音的人。对声音着了迷，当然也想看看真人的庐山面目，目前这群配音员大红大紫。

卖得最多的少女电动游戏叫NeoAngelica（新当归）和Leon（里昂），前者是纯爱物语，后者还加了露骨的性爱场面，满足观众的幻想，女御宅要一层层地打上去，才能解决恋爱上的问题和苦恼，最后和男主角成为眷属。

说了你也不相信，我们以为玩卡通游戏机的都是儿童，但目前的日本漫画，已经全部是大人看的。男御宅集中在秋叶原，女的不执输（粤语，指吃亏），聚合在池袋，有一条街专卖女御宅商品，称为“乙女路”。

乙女路上还有乙女咖啡室，客人互相讨论玩游戏机的心得。侍者也把发型弄得和卡通人物的一模一样，画上一对大眼睛，多数是女人扮男人，现实生活中的男人，都没卡通里那么美。

九州岛此行，我们的巴士小姐也是一个女御宅，问她：“为什么会那么沉迷？”

“玩游戏，不会被男人出卖！”她回答，“做人做得太辛苦，有时在游戏里逃避一下，也是好事。”

“可是，”我说，“恋爱，是不断被出卖，才有趣的呀！”

她听了，似懂非懂。

第二章

活着，就要做有意义的事

穿衣服就要穿得快活逍遥

小时候穿开裆裤，随时就地解决，快活逍遥。唯一缺点是被蚊子叮，还有鹅、鸭子看见了也不放过，追上来当虫啄，简直是噩梦。

到幼儿园便得穿短裤子。母亲还是不肯给我做条底裤，蹲下来由裤裆露出一小截，不太文雅，但是又何必在乎？

第一次穿底裤便以为自己已经是大人，骄傲得很。最初的底裤是件孖烟囱（粤语，指男士平角内裤）。

开始有紧束的冒牌 Jockey 三角裤时，已知道梦遗是怎么一回事儿，朋友叫它画地图。小伙子精力充沛，画起来是五大洲，但觉难为情，半夜起身，把弄湿的底裤掷在床底下，继续稀里糊涂睡去。

第二天醒来，记起窘事，想偷偷地拿去洗。一看，哎呀呀！惹了一群蚂蚁。大胆狂徒，竟然前来吃我子孙，立刻捕杀。

念到初中，学校里的制服难看死了，逃学到戏院之前，先进洗手间换条新款长裤，看电影时更当自己是男主角，不可一世。

当年穿的是模仿猫王的窄筒裤，买的都不合身，多数嫌太宽，只有求助裁缝师傅，指定要包着大腿，一寸也不要多，穿起来也不怎么像皮士礼（指猫王）。

料子是原子丝的的确良，拍起照片来亮晶晶反射，下半身像外星人。

跟着讲究叠纹。老古董裤子一共有四条折，叠纹是向内折的。新款一点的向外折，而且已经改为两条叠纹。最流行的还是学美军制服，一条叠纹都不用。左边的裤耳下有个小袋子，已经不是用来装袋表，学会交女朋友之后，袋中可装另外一个橡皮袋，真是实用。

皮带渐渐地消失，用的人很少，但裤子照样有五个裤耳，不穿皮带时露在外面，一点用处也没有。裤扣多出一条长布条，穿皮带时盖住，也一点用处没有。

裤脚是折上的，经常有沙石掉到里面去，有时不见了一个五毛硬币，也偶然在折叠处找得回来。人们嫌麻烦，裁缝师大刀一剪，裤脚平了。以为追得上时代，哪知古董时装杂志上早就有平裤脚出现过。

喇叭裤是二十世纪七十年代的宠物，裤脚越来越阔。但是名牌货被某些人糟蹋掉，穿上之后觉得太长，喇叭裤子的裤脚被剪，变成不喇叭。

裤脚变本加厉地阔，阔到盖住鞋子，配合上四英寸（约十厘米）的高跟鞋，矮子们有福了。可惜这款裤子只流行一两年，又被打回原形。

最不跟时代改变的只有牛仔裤。大家都穿牛仔裤，穿到现在还是乐此不疲。但是牛仔裤不是人人穿得，要有一点点的屁股才行。梁家辉穿起来好看，其他平屁股的男人穿了就不像样。

牛仔裤最好配皮靴，像詹姆斯·迪恩（美国知名演员）穿的那种，帅得不得了。试想穿上普通皮鞋或是运动鞋，跷起脚来露出一截白袜子，是多么煞风景的事。

你一条我一条的牛仔裤，大家一样，就成了制服。人们求变，在牛仔裤上绣起花来，又钉上亮晶晶的铁片，或者贴上一块黄颜色的圆皮，画着一张笑嘻嘻的漫画。有些人更把裤脚撕成线，走起路来有两团东西在跳草裙舞。

这一时期，香港人钱赚得最多。全球百分之六十的牛仔裤都是 Made in Hong Kong（香港制造）。

法国人、意大利人看得眼红。生意都被你们这些细眼睛的黄种人抢光，那还得了！他们绞尽脑汁，结果他们想通了，利用雅皮士爱名牌的心理，他们生产了皮尔·卡丹牛仔裤、仙奴牛仔裤、迪奥牛仔裤。

香港怎么办？也没什么大不了，名牌货还不是照样在香港大量生产？而且香港人照样做名牌，赚个满钵。

时装的变迁永远是循环的、可笑的。

有一阵子又流行回四条折子向内折叠的裤子了，正当群众花大笔钱去买名牌时，你大可以到国货公司去找旧货，保管老土创时髦，而且价钱只有十分之一。

穿衣服还是要自己喜欢

遇到一个曾经认识的人。

“好久不见。”我打招呼。

“我倒常看到你。”他说，“你穿着拖鞋和短裤，在旺角跑。”

去菜市场买菜，穿西装打领带，不是发疯了吗?

衣着这问题，最主要的还是看场合。更要紧的，是舒不舒服。

在夏天，洗完澡后，我最喜欢穿一件印度的丝麻衬衣。这件东西又宽又大，又薄又凉，贴着肌肤摩擦的感觉说不出的愉快。第一次穿过后，我便向自己发誓，在自由自在的环境下，热天穿的衣服不能超过二两。

见人、做事时，服装并非为了排场。整齐，总是一种礼貌，这是我遵守的。我的西装没有多少套，也不跟流行，料子倒不能太差，要不然穿几次就不像样，哪里能够一年复一年?

衬衫、领带的颜色常换，就可以给人一种新鲜的感觉。那几套东西穿来穿去都不会看厌的。

对流行不在意的时候，那么大减价的衣服只要质地好，不妨购买。价钱绝对比时髦时便宜。

不在乎跟不跟得上潮流的时候，买东西便能更客观，更有选择。

贵一点的领带是因为料子好，而且不是大量生产。便宜的打几次就变成咸菜油炸粿，到头来还是不合算的。那么多花样的领带怎么去挑选呢？答案很简单，一见钟情的就是最理想的。走进领带专柜，第一眼就把你打败的领带千万不要放过。如果一大堆中挑不到一条喜欢的，那么还是省下吧。

总之，不管穿西装也好，还是穿牛仔裤也罢，穿自己要穿的，不是穿别人要你穿的。这是人生最低的自由要求。

无泪的日子

年轻的时候，得不到爱，便是恨，黑白分明。

你不跟我睡觉吗？那你是爱我爱得不够深。好，永远不见你。男的说。

你连爱我都不会说一声，你追求的只是我的身体。好，我绝不给你。女的说。

为什么不能等呢？再多等一阵子，人就是你的，但大家都心急，其实不是心急，是不懂得珍惜感情。

这是教不会的，无经验的洗礼，怎么聪明的人，都不懂得爱，只会破坏。

到了了解什么是爱的时候，我们对人生开始起了怀疑，而且逐渐不满。一不小心，便学会讽刺它，沉迷在绝望中，放弃宗教和哲学的教导，变为尖酸刻薄，即使爱再到我们面前，也会让爱溜走。

令我们开心的事越来越少，让我们垂涎的食物已是稀奇。

不过，我们也没那么愤怒了。

已知道骂人的结果是自己辛苦，动气是伤神伤身。看不顺眼的，还是不发表意见，反正不是一个人的能力可以扭转乾坤的，想一笑置之，但又恨不消，唠叨又唠叨，在年轻人的眼中，我们是长气的。

但愿自己能像红酒，越老越纯。一股香浓，诱得年轻人团团乱转。一切看开、放下，人生豁达开朗，那有多好！

想归想，到头来还是做不到，只能羡慕，只能羡慕。

在这个阶段，家族，朋友，开始一个个逝去，我们一次又一次地哭啼。

泪干了，所以我们不哭。

年轻时，欢笑止于欢笑，对笑的认识太浅。到现在才知道真正悲哀时，眼泪是流不出来的。眼泪，只有在笑的时候，才淌下。

吃好喝好，就是功德圆满

今天的外电中又说，心理学家证明，快乐和个性有关，开朗、自重、乐观的人，自然快乐。有钱人，出名的人，如果个性不乐观，照样是不快乐的。

再一次地证明我们的一切都出自遗传基因——DNA。美国人胖子多，是因为胖子身上缺少了认识肚子饱的基因，什么东西都吃得下去，所以变成胖子。

你看，连胖子都是命中注定，我们还担忧些什么？

如果你赞同我这句话，那么请放心，你是属于乐天一派，今后一生，笑着度过。

假如你骂我胡说八道，那么你有一个暴躁的因子，请小心，会惹祸。

要是你幽幽地怨说为什么自己的想法不同，那么你在遗传上是个多愁善感的人，可能是一个悲剧人物。

要改变自己的个性，非趁年轻不可，一老就固执，不管你是哪种人，都有一个共同点，那就是越老越不听人家的劝告。

最怕遇到的是林黛玉型的女子，就算是再美，也应该避开。这种女人好的也怨，坏的也怨，永不休止。怨到最后，只有自杀或病死。别以为我在胡说，亲眼见到的就有好几个，绝不虚假。

一些命中注定失败的人，也很容易看出。他们永远认为自己的想法是最好的，只是别人不会欣赏。而且，他们会叫你做这个、做那个。主意一箩筐，但没有一个行得通。

天生少了一条筋的女子真难得，她们永远笑嘻嘻。只对痛苦是白痴，其他事还是很聪明，遇上这种女人，三生有幸。

既然注定，我们不必花精神去改造自己。

正如禅师所说："人生能有几时？电光眨眼便过！趁未老、未病，抖身心，拨世事；得一日光景，念一日佛名；得一时工夫，修一时净业，由他命终，由他命终，我之盘缠预办，前程稳当了也。若不如此，后悔难追。"

把念一佛名，改为喝一壶酒；把修一时净业，改为吃一餐好饭，便功德圆满。

喝酒，也是人生乐事

中国的伟大剧作家李渔谈喝酒时说：喝酒之事，有“五贵”。一、贵在能好，酒量大小都不要紧。二、贵在喜谈，饮伴多寡不拘。三、贵在可继，好酒劣酒，都不成问题。四、贵在可行，喝酒后答应的事要做。五、贵在可止，长喝短喝，喝得多喝得少，一旦叫停，就能够再也一滴不喝。

有了这“五贵”，才有资格称为能欣赏酒的人，方可叫作懂得喝酒之乐。

李渔生平还有“五好”和“五不好”。他不好酒而好客，不好食而好谈，又不好长夜之欢，而好与明月相随而不忍别离。

不好苛刻的法律，但是爱看坏人受罚，并且欲辩无词。

不好一喝酒就骂在座之人，而好酒后肝胆相照的朋友。

有了这“五好”和“五不好”，会不会喝酒，是另一回事，终日可以和好酒之人为伍。

喝酒时最好能听听音乐，每听必至忘归。好个李渔，不回家也不必怕被老婆骂。

他说的我完全同意，听音乐我不限于听古典或歌剧，至于到卡拉

OK 去，听那些本来长得漂亮的女人一开腔，完全走音，就大叫不妙，逃之夭夭。

友情还是比喝酒之道重要，当年倪匡兄酗酒，疯了起来李渔讲的“五贵”完全忘光，但是我们这群老友还是能原谅他和宽容他的。

除了李渔讲的那些不喜欢的事，我还讨厌人家喝完酒后呕吐得一塌糊涂，那股味道久久不散，实在难闻。

常笑那些说白天不喝，晚上才喝的朋友。白昼宣饮，是人生乐事，不必为工作担忧，那多逍遥？倪匡兄有一次见我老母在中饭时拿出一瓶酒，拒绝不喝。妈妈说现在巴黎已是晚上，照喝不误。

每个喜饮者都有一个梦

喝酒的人，自然爱上酒杯。

自古以来，由青铜至琉璃杯子，多不胜数。“金瓯”是黄金的酒器，“玉樽”是玉制的杯子，“银瓶”为白银制造。还有只闻其名，不见其物的“夜光杯”呢。夜里能自然发光的，大概只有一个“波尔表”吧。

最雅致的应该是“荷叶杯”，摘下刚刚露出水面拢卷的新鲜荷叶，用玉簪从叶心到荷茎中扎一个孔，然后把酒注入，从茎底吸饮，风流之至。

不过一般酒徒注重的只是量。酒杯越大越好。名称各异，有觯、觚、觥、爵、角、海、白等，哪一个是最大的呢？怎么大都不够，真正的酒徒，杯子是不能满足的，要把盛酒的壶、卣、斝、盉、卮、罍、缶、罂、垆、瓿捧上来喝，才是最高境界。

最大的酒器应该是“瓮”，元代宫廷里有个黑玉酒瓮，直径四尺五寸、圆周一丈五尺、高二丈，能盛酒三十多石。

一石现在算来是多少？没有准确地量过，古时候的计量单位很抽象，春秋战国时代已有升、豆、区、釜、钟五种，一般以四升为一豆、五豆为一区、五区为一釜、十釜为一钟。以此算来，千钟合一百万升，等于一千立方米，而一立方米的水重量是一吨。古人说尧舜能喝千钟，那就是说他们能喝一千吨酒了。

刘伶说他一饮一斛，一斛等于十斗。孔子也能喝百觚。就算他的学生子路酒量不好，也喝十斛，比刘伶厉害。原来教我们做人的孔子也是酒徒，为什么还有人反对喝酒?

酒量大的人不少，谁最厉害？至今还未决一胜负，有的一下子鲸饮，有的一喝数十年，我们只管叫他们酒仙、酒圣、醉龙、醉樵等，没有冠军。至于最过瘾的喝法，还是首推唐代的方明，他脱掉衣服跳进酒缸里，沐浴而出，是每一个饮者的美梦。

书是最好的旅行伴侣

长途旅行之前，我会预先把好几部还没看过的电影和电视剧放进iPad之中，到了酒店，睡不着，拿来慢慢欣赏。但看电影和电视剧会厌，读书则没这问题，旅行的最佳伴侣，还是重看又重看的金庸小说。

最近常上微博，最多人聊起的是小说中的各位主角。发问的都是年轻人，可见查先生的作品仍有很大的影响力，也知道大家除了电视之外，还是看书的。

最常提到又最笨的问题为：杨过是怎么剃胡子的？请代向金庸先生请教。哈哈！他只是独臂，又不是双手皆失，也就不答。

也有很高智慧的，探讨人物的内心深处，我一一回复了，并从中选出几人，请他们为“护法”，挡掉一些脑残的恶言秽语。

看金庸小说的人，有自己的一套语言，他们有各自喜欢的作品，喜爱的角色也各有不同，大家欣赏的角度有别，但讨论起来不会面红耳赤，更没有像拥护偶像一般的争吵。

从大家的言论之中，也可以觉察看小说与看电视剧有很大的分别，高低一下子分别得出。

看了电视剧而找原著来读的不乏其人，相反就寥寥无几。到底，电视剧给我们的是固定的形象，失去了看书的幻想力。

东方的电影电视，编导的知识水平和制作费用与西方有很大的距离，但愿有那么一天，能够出现像《魔戒》一样的特技水准高超的影视作品，那么旅行时才把书放下，在 iPad 上一集又一集地追看。

到时，又是不休不眠，回到盖着被单，照着电筒，初看金庸小说时的年代。

日子再忙，也要吃茶去

程氏夫妇，认识多年，他们曾在新加坡住过一个时期，返港后我们经常聚会。育有二子，除上学，还身教，一有假期就带他们到世界各个都市的博物馆，并享受名厨美食。

大家没有联络已久，一日，接母亲电话，见面时，母亲样子依旧，小儿子已经长大成人，彬彬有礼，是位好青年。

问近况："对什么最有兴趣？"

"饮食。"儿子程韶伦回答。

真奇怪，友人子女，都想干这方面的东西，大概是与从小吃得好有关系。

"干餐厅，很黏身。"我说。

"不是。"他妈妈说，"你先听听他的。"

"你知道的，我们家族和云南的关系很好。"程韶伦说，"我一向爱喝普洱茶，便顺理成章地想做普洱茶生意了。"

"那更糟糕，要辨别普洱茶的真假和好坏，最少也得再花几十年工夫。"

“不是卖茶饼，而是现喝的。”他说。

原来，程韶伦大展拳脚，购入最新机器，在最卫生干净的环境下，采集天然森林生长的大叶种乔木茶，其中有树龄三百年以上的野放古茶树和五十年以上的有机茶树，不需要施用化肥和农药，以高科技提炼出普洱精华来。他取出样品给我看，是牙签纸筒般大的包装，一撕开，浸入滚水或冷水中，即刻溶化。

对味道还是表示怀疑，我喝了一口，不错不错，刚好要出门旅行，喝他的普洱精华，早、中、晚餐都来一杯，方便到极点。程韶伦也做过 SGS 检验报告，证实此精华的儿茶素、茶多酚含量高达百分之六十二点九，这些活性成分有强烈的抗氧化、抗病毒和防癌防老的作用，一杯相当于六杯传统茶。

茶在心间，才是人间清欢

要出远门，当然要准备好茶叶，至于要不要带个茶盅，犹豫了一阵子。

拿个蓝花米通去吧。茶叶铺的老板陈先生说："这种茶盅随时可以买到，打破了也不可惜。"

对惯于旅行的人，行李中的每一件物品都计算过，判断是否必需，方携之。沏茶总不会是个问题吧？最后决定，还是放弃了茶盅。

这一来可好，往后的一些日子，这个决定带来许多麻烦，但也有无尽的乐趣。

到达墨西哥，第一件事便是找滚水。我的天，当地人是不用的。他们根本就不喜欢喝茶，只爱咖啡。咖啡并非冲的而是煮的，一锅锅地泡制，便没有多余的滚水了。

滚水的西班牙语是"agua caricante"，"水热"的意思。拼命向人家要"水热""水热"。他们不知道我要"水热"干什么，结果也依了我，跑到厨房去生火，他们没有水壶或水煲，用个煮汤用的锅子，把水煮沸了交给我。

拿到房间把茶叶撒进去，根本谈不上沏茶，简直是煮茶，真是暴殄天物。

对着这锅茶怎么办？也不能把嘴靠近锅边喝，烫死人。只有倒入水杯。砰的一声，玻璃杯破了，差点把手割伤。

第二天忍不住去买了个原始型电水壶，此种简单的电器，墨西哥卖得真贵，三百六十港币。

有了电水壶没有茶壶怎么办？这次不敢直接冲滚水入玻璃杯，但也不能将茶叶扔进电水壶里呀！

想了半天，有了，从行李中拿出一个小热水瓶来，这是我出外景必备的工具。因为有一次在冰天雪地的韩国雪域山中，梳妆师傅细彭姑爬上雪山时还带着个热水瓶，我嫌她累赘，想不到拍到一半，快冻僵时，她由热水瓶中倒出一杯铁观音来给我，令我感动不已。由此之后，我向她学习，每到外景地前先沏好一壶茶，让最勤力的工作人员欣赏欣赏。

把茶叶放进热水瓶，再将滚水倒进去，用牙刷柄隔茶叶，第一泡倒掉，再次注入热水。

沏出来的茶很浓，好在用的是普洱，要是铁观音就太苦涩了。饮用时倒进杯中，茶叶渣跟着冲出来，半杯茶水半杯叶，也只有闭着眼睛喝了。

演员跟着来到，先是黎明把我的电热水壶借去泡公仔面。还给我时，叶玉卿又来拿去。这一借，不回头，我也不好意思为了一个小热水壶和人家翻脸，算了，另想办法。

走过一家手工艺品商店，哈哈，我找到了一个茶壶，画着古印第安人抽象的蓝花，很是悦目，即刻买下来。

再到超级市场去进货，想多买一个热水壶，但是已经被香港来的工作人员一下子买光了。小镇上，再也难找。

索性全副武装，购入一个电炉，再买个铁底瓷面的锅子，一方面可以煮水，一方面又能煮食。

回到小房间，却找不到插座头：灯是壁灯，电风扇挂在天花板上，只有洗手间中那个插剃须刀的能够勉强使用。

水快沸，心中大乐，这次只许成功不许失败，把茶叶装入茶壶，注入滚水。

准备好茶杯，倒茶进去，又是半杯茶叶半杯水的一杯茶。原来买的是咖啡壶而不是茶壶。注水口大，没有东西隔着，所以有此现象。

经过几番折腾，后悔当初不把那个茶盅带来，中国人发明的茶盅实在简单方便实用，到现在才知道它的好处。

终于，在五金铺中指手画脚，硬要他们卖给我一小方块铁纱，店员干脆说："不要钱，送给你。"

老大欢喜地把那片铁纱拿回酒店，贴在咖啡壶内注水口上，这一来，才真正地享受到一杯好茶。

在没有喝茶习惯的国家中，我遭了好些老罪。上次在西班牙，向他们要滚水的时候，他们把有汽的矿泉水煮给我，泡出来的茶有股亚摩尼亚味，恐怖至极。

之后，我已不要求什么铁观音、普洱，只要有立顿黄色茶包已很满足。没有滚水？好，要杯咖啡，再把三个茶包扔进去浸，来杯鸳鸯算了。

我们这次最大的享受是回到旅馆，每个人都把他们的临时泡茶工具拿出来，你沏一杯，我沏一杯，什么茶都不要紧，只要不是咖啡就行。喝入口，比什么陈年白兰地都更加美味。

日本的茶道，那不过是依足陆羽的《茶经》去做，很多人骂他们只注重仪式，但也是悠闲生活的一个方面呀！台湾人冲工夫茶更是越来越繁复，先用一支竹夹子把小茶盅中的茶叶夹出来，再来个小竹筒盛新茶装入，沏后倒入一大杯，再注入几杯，把空杯闻了一闻，再喝茶。说什么这才是真正的茶道，他们看轻日本和香港地区的喝茶方式，认为中国台湾地区产的冻顶乌龙，才真正叫作茶。

茶，要是一定那么喝，已失去茶的意思。

茶，是用来解渴的，用什么方式，都不应该介意和歧视。在没有任何沏茶工具之下做出来的茶，才能进入最高的境界。

香烟的优雅和高贵

抽香烟，已变成一种罪恶。

一切抽烟的行为都要被赶尽杀绝，天下政府将定重罪来惩罚吸烟者，但是没有一个国家全面禁止。拿破仑早已说过：“这种罪恶带来十亿法郎的税收，你能找一种功德代替它，我即刻禁烟。”

电视上再也看不到香烟的广告，但许多大型的活动还是由烟商赞助，万宝路化身为衣服来告诉人家它的存在。要让香烟完全销声匿迹，我想永远做不到。

好莱坞自律，虽没明文规定，但再也不让男女主角抽烟了，只有反派才能吞云吐雾。再见了，堪富利·保嘉。永别了，詹姆斯·迪恩。

香烟的优雅和高贵的印象，被雪茄代替，美国人最崇拜的领袖甘地是抽雪茄的。现在的巨星如罗伯特·德尼罗、阿诺德·施瓦辛格照抽不误。雪茄也变成女权运动的武器，禁烟也是她们搞出来的，抽雪茄也由她们卷起旋风。麦当娜在大卫·莱德曼的深夜节目中大抽雪茄，男男女女没有人攻击她。

我们这群“老不死的”写作人还是不肯放弃香烟，它的确能带来宁静和灵感。

谈香烟和大众对立太过枯燥，还是提一提美女米歇尔·菲佛的名言吧：“我绝对不反对吸烟，因为坐下来吃饭时，一桌人的言论最有趣的，还是那个吸烟的家伙。”

作家马克·吐温曾经说过：“戒烟是我认为最容易做到的事：我应该知道，因为我已经戒过一千次了。”

名女人弗洛伦斯·金老了之后说：“对于性，现在我唯一怀念的是事后那根烟。”

我们这辈人最顽固，越禁我们越想抽，虽然二手烟害不害人还没证实，没得对方同意我们不会抽。我们享受的是自主权，不管那是对我们好的，还是坏的。

抽烟喝酒不运动

运动，本来是件好事。不必花钱，在公园做做体操或街头散步，随心所欲。

但是基本的东西往往遭受商业社会破坏，运动已经贵族化了。

你看你身上穿的名牌运动衫，一件多少钱？还有那双像唐老鸭女友穿的大鞋子，什么空气垫，一双上千，连绑在额上的头箍都要几百。加起来，是一副身家。

本来免费的运动，一进室内就要收钱。参加健美会，先付一笔钱，分十次用，去了一两次，觉得辛苦，结果不了了之。

室内健身房开在某某大厦的二楼，一大排玻璃橱窗，说是让参加者看外面，其实是要人来看。她们多数是身材发福、脸也同型的女人，还自以为是香港小姐。

目前已没有真正的明星，詹姆斯·迪恩和玛丽莲·梦露的时代已过，代之的是歌星和运动健将。只要在体坛上一出名，钱财即刻滚滚而来。他们的经理人要钱要得越来越多，结果运动明星都成了怪物。

足球场、篮球场的建筑，比小学、大学还重要，美国的许多都市的运动场，用不到二十五年即拆掉，花大笔钱去建新的，排污系统却是越用越旧。

现在的体育已经有所不同，信徒盲目崇拜。孩子们不用读书了，家长鼓励他们搞运动。

我从小讨厌运动，常因体育课不及格而要留级，要换学校。

我一向认为身体健康很重要，但是思想健康更不能缺少，沉迷体育，就像沉迷在毒品之中。

还是快快乐乐，想做什么就做什么好。不必勉强自己，守着人生七字箴言错不了，那就是：抽烟喝酒不运动。

享受逛书店的乐趣

逛书店，对我来说是一种人生乐事，是许多在网上购书的人不懂得的。不爱读书，对“书店”这个名字已敬而远之。输输声，今天赛马一定赢不了，他们不懂得看书的乐趣，我只能同情。

书有香味吗？答案是肯定的。纸的味道来自树木，大自然的东西，多数是香的。逛书店，用手接触到书，挑到不喜欢的放回架上，看中的带回家去，多快乐！唯一的毛病，是书重得不得了。

在香港，我爱去的书店是“天地图书”，香港、九龙各一家，书的种类越来越多，现在连英文书也贩卖了。

专卖英文的，有尖沙咀乐道的 Swindon，光顾了数十年，入货还是那么精，找不到你要的，请他们订，几个星期便收到。

日文书则在“智源”购买，它的藏书丰富，杂志更是无奇不有，订购货期更是迅速。

在伦敦的话，有整条街都是书店的，英文书一点问题也没有。巴黎则只有在卢浮宫对面的 Galignani 了，买完书到隔几家的 Angelina 喝杯茶和吃点心，又是一乐。

在内地，书店开得极大，让人眼花缭乱，看得头昏，我只是锁定了要什么种类的书，看到了就买，不见算数，绝对不逛。

逛的意思，是有闲情。书店不能太大，慢慢欣赏，在里面流连上一小时，才叫逛。

逛，也是只限于熟悉的地方，人也要熟悉，每一间总有一两位百科全书脑袋的店员，请他们找你要而不见的。这些人，是书店的一分子，永远隔不开，少了他们，书店也没资格叫书店了。

当今香港的一些英文书店，为了节省成本，请菲律宾籍店员管理，多数又老又丑，我绝对没有种族歧视，但有时看到她们那爱理不理的表情，心里总咒这家书店执笠。

若没有花，我就要寂寞了

在花墟，何太太和陈宝珠小姐问我：“你最喜欢哪种花？”

“牡丹。”我毫不犹豫地说。

现在的牡丹，都由荷兰运来，很大朵。粉红色的最普遍，也有鲜红的。

曾经一度在花墟看不到牡丹了。

“太贵。”花店老板说，“又不堪摆，两三天都开尽了，没人来买就那么白白浪费。”

人各有志，嗜好不同。我觉得花五块十块买六合彩也很贵，马季中下下注更是乱花钱，打游戏机打个一百二百，非我所好也。

一般买了五朵，当晚就怒放，粉红色的开得最快，能摆个两三天已经算好。但最懊恼的是其中两个花蕾一点动静也没有。我们南洋人称之为“鲁古”，已成为白痴的意思。

何太太和陈宝珠小姐买了一束，分手时送给了我，我受宠若惊。她们选的是深红色的，近于紫的新品种，非常罕见。价钱比粉红色的还要贵。

回到家插进备前烧的花瓶中，当晚开了三朵，花瓣像丝绒，美不胜收。而且，到了半夜，发出一阵阵的幽香。

第二天，第三天，其他的那两个花蕾保持原状，是否又是鲁古了？

跑去花店询问，老板一向沉默寡言，伸出两指。

是过两天一定开的意思吧。到第四天开了一朵，第五天再开一朵，盛放的那前三朵已经凋谢，花瓣不规则地落满地板，像抽象画，另具一番美态。

临走时还记得花店老板的叮咛：把枝干剪掉一点。照办，果然见效，牡丹还有一个特点：别的花，插在水里，浸后枝干发出异味，只有牡丹是例外，百多块钱换来近一星期的欢乐，谁说贵了？请大家快点帮衬，不然花店不进口，我们又要寂寞了。

SE DE LA
RUFFE
à
HERENCHES
LA MESSE DE LA
TRUFFE
à
RICHERENC

养一只可爱的宠物，是人生一大快乐

生活水平提高，大都市的人开始有余裕送花，花店开得通街皆是。

跟着来的流行玩意儿便是宠物！

猫狗的确惹人欢喜，深一层研究，也许是城市人寂寞吧。

狗听话，养狗的主人多数和狗的个性有点接近：顺从、温和、合群。

我对狗没有什么好印象。小时候家里养的长毛狗，有一天发起癫来，咬了我奶妈一口。从此我就讨厌狗，唯一能接受的是《花生漫画》里的史努比，它已经不是一条狗，是位多年的好友。

在邵氏工作的年代，宿舍对面住的传声爱养斗犬 Bull Terrier（牛头梗），真没有看过比它们更难看的东西。

另外一位女明星爱养北京哈巴狗，它的脸又扁又平，下颌的牙齿突出，哪像狮子？为什么要美名为狮子狗？

旺角太平道上有家动物诊所，走过时看见女主人面色忧郁，心情沉重地抱着北京哈巴狗待诊，我心想：要是你的父母亲患病，是否同样担心？

楼下有个西人在庭院中养了一只狼狗，它日也吠，夜也吠，而且叫声一点也不雄壮，见鬼般哀号。有一晚我实在忍不住，用把气枪瞄准它的屁股开了一枪，它大叫三声，从此没那么吵了。

在巴黎、巴塞罗那散步，满街都是狗屎。但是，有时看到一个老人牵着一条狗的背影，也就了解和原谅它们的污秽。

“你再也不讨厌狗了吧？”朋友问，“它们到底是人类最好的朋友。”

我摇摇头：“还是讨厌。爱的，只是黑白威士忌招牌上的那两只。”

猫倒是可爱的，主要是它们独立自由奔放的个性。

猫不大理睬它的主人，好像主人是它养的。

回到家里，猫不像狗那样摇头摆尾前来欢迎。叫猫前来，它走开。等到放弃命令时，它却走过来依偎在脚边，表示知道你的存在，即刻心软，爱得它要生要死。

猫瞪大了眼睛看你，仔细观察它的瞳孔，千变万化，令人想大叫：“你想些什么？你想些什么？”

在拍一部有关猫的电影的过程中，和猫混得很熟。有时猫闷了，找我玩，我就抓着它的脚，用支铅笔的橡皮擦头轻轻地敲它的脚底，很奇怪，它的脚趾便会慢慢张开五趾上粉红的肉，打开之后，像一朵梅花。

要叫猫演戏是天下最难的事。

逐渐发现猫喜欢吃一种用莼菜的种子磨出的粉，在日本有售，叫matatabi（木天蓼）。猫吃后像是醉酒，又像抽了大麻，飘飘欲仙。

拍完一个镜头，给猫吃一点当为报酬，但不能给它们吃多，吃多会上瘾。

不过，我还是不赞成养猫狗。

并非我不爱，只觉得不公平，猫狗与人类的寿命差别太远，我们一旦付出感情，它们比我们早死总是悲哀不已，我不想再有这种经验。

小孩养宠物，增加他们的爱心，是件好事。但一定要清清楚楚地告诉他们，教他们认识死亡，否则他们的心灵受的损伤再难弥补。

如果一定要养的话，就养乌龟。

乌龟比人长命。

倪匡兄从前在金鱼档里买了一对巴西乌龟，像两个铜板，以为巴西种不会长大，养了几十年，竟成手掌般大小，而且尾部还长了长长的绿毛。

移民之前，倪匡兄把家里所有东西打包，货运寄出，看见这两只乌龟，不知怎么办才好。

“照道理，把它们放入手提行李，坐十几个小时飞机，也是不会死的。”他说，“但是被移民局查到很麻烦。而且万一乌龟有什么三长两短，心里也不好过。”

我们打趣道：“不如用淮山杞子把它们炖了，最好加几根冬虫草。”

倪匡兄走进房间找一把武士刀要来斩人。

我们笑着避开。

最后决定，由儿子倪震收留。

“每天要用鲜虾喂它们。”倪匡兄叮咛。

“冷冻的行不行？”倪震问。

“你这衰仔（粤语，常用来骂自家孩子），几两虾又有多少钱？它们又吃得了多少？”

倪匡兄说完，又回房找武士刀。

倪震落荒而逃。

闲时散步看花，管他胖与瘦

一般，男人年轻的时候，都有一个莎士比亚所谓的“lean and hungry look”——消瘦又饥饿的样子。

不单样子，神态也表现出他们对未来的渴望和野心。亚历山大征服半个地球，也是这个时候，我还在干些什么？

一日又一日，一年复一年，在不知不觉的渐进之中，年轻人步入中年，又踏进初老，这时他们照照镜子，惊讶自己的肥胖。

古人总有一个解释，他们说：“中年发福，好现象。”

的确，到了中年，还要消瘦又饥饿，太辛苦了。生活条件的好转，令体重增加，本属当然，但是大家不那么想，继续为自己的身形烦恼，永远和青春一争长短，明明知道这是一场打不胜的仗。拼命运动。穷的去健身房，隔着玻璃窗被经过的人笑；有钱的打高尔夫球，被更有钱的看不起。

君不见电影上的迈克尔·凯恩（英国知名演员）、罗伯特·德尼罗，不都是由消瘦又饥饿变为胖子一个？不，不，你看肖恩·康纳利（英国知名演员），他的头虽秃，但还那么精壮。哈哈，那是天之骄子，有多少个？你看他当年演的《007》，还不是消瘦得很？

男人是一种很有容忍力的动物，他们能够接受生活的压力、家人的唠叨、社会的不平，但就偏偏不接受自己的体形。

又老又胖的男人很失礼吗？那是信心问题，不以财富衡量。家庭清贫，但衣服干净，不蓬头垢面，黑西装上没有头皮屑，指甲修得整齐，是对自己的尊重，别人看见也舒服，与胖瘦无关。

嫌自己又老又胖的男人，和一天到晚想去整容的女人一样可笑。闲时散散步，看看花，足矣。

做一场SPA，绝对有益身心

“SPA”这个词，通常是指五星级酒店或度假村的一项沐浴和按摩的服务，但也不仅限于此。

有些旅馆将它翻译成“香熏理疗”，因为在按摩过程中燃烧各种精油，据称能够直接渗透肌肤内层，刺激淋巴组织来排除体内毒素。

每一个SPA一定设有一些重型装备，来个下马威。首先是一台由各个角度清水洗涤人体的机器，有点像法医在解剖室中用的那种。

再来是个大浴缸，人躺进去，漂在水面上，护理员盖上盖子，一片漆黑，据说能够舒缓神经，我则认为有点像《二〇〇一年太空漫游》那些冷冻航天员的棺材，相当恐怖。有了这些机器后，就可以对付你的身体了。有各种方法，像用粉红沙漠盐摩擦一番，再涂一层泥浆，据说能彻底净化身体。

涂身之物变化多端，有些什么印度神油之类的药物，味道古怪，颜色迷幻。也有些用海藻和蜂蜜，以及各种烧菜用的油。涂了身体再涂面部，据称能够令黑人变白人。这是有根据的，护理师说植物果酸能把皮肤外层的细胞破坏，长出新皮，不就白了？你不相信？大把人相信。剪指甲，脚的和手的；眼部护理，减少眼边皱纹以及滋润双目；等等。

接下来是按摩了，典型的有瑞典按摩，简单来说，就是涂油罢了。用油来推你的全身，这种按摩最没技巧可言。还有脚部按摩和所谓的气功按摩，前者有点道理，后者胡说八道。天下哪有那么多气功师傅来点你的穴位？

别以为我不喜欢 SPA 才说那么多坏话，我爱极了，但那些什么香熏等服务是没用的。我最喜欢的是泰式古法按摩，女师傅用推拿和拉动促进身体灵活度，绝对有效，你应该试试。

多学习多充实自己，才有未来

年轻人迷惘，用愤怒来遮掩他们的不安，是很正常的事。最美的，还带傲气："这个世界，是属于我的！"

当你活在天下尖顶上的时候，他们就寂寞了、孤独了，怀了一点点的悲哀，这也是年轻人的本色。不过，当他们只知一味气死你、气死所有的人、气死自己的时候，你就会发现纯真的丧失。这个人，变得讨厌。

医不好的，这是没有自信的表现。他们做的第一件事，是先买副黑眼镜戴一戴。

他们的目光带轻蔑和阴毒，他们的言论无理取闹，他们的行为非常低俗。这是怎么造成的？都因为他们不肯上进、不肯努力、不肯吸收经验。本身极为平凡，被周围的人吹捧，没有胆量享受成就之故。

要成为一个永远的偶像，必须拥有纤细和敏感的个性。像詹姆斯·迪恩，就是一个很好的例子。

詹姆斯·迪恩与众不同，虽然愤怒，但非常脆弱。我们都爱他，想保护他。他绝对不是一个流氓，也非野孩子，更不会用伤害别人的眼光来看世界。

詹姆斯·迪恩无时无刻不在充实自己，他上“技法”学院，读斯坦尼斯拉夫斯基（俄国著名戏剧和表演理论家，代表作《演员的自我修养》）的理论，他学打鼓、摄影、雕塑，甚至牛仔怎么打一个绳结捕牛，也是他工作中需要了解的。

《巨人》这部电影中，他的角色是个穷小子，爱他的阿姨遗留了一块小小的地皮给他，他欣喜若狂，一步步踏着这块土地，丈量它的面积，这都是农夫用的基本方法，詹姆斯·迪恩从细致的观察中吸收，放在戏里。

现在大多数年轻人，都不具备这些条件，像一个个被宠坏又长不大的儿童。书又不读，更无气质可言。从他们没有皱纹的面孔，已看到了他们垂垂老矣的未来，可怜得很。

玩物并不丧志，养志还能赚钱

我在内地和友人谈起生活之道，经常的反应是：“你有钱，所以有条件培养种种兴趣，我们做不到。”

一直强调的是兴趣与钱虽然有点关系，但是并非绝对。像种花养鱼，可由平凡的品种研究，花费不多。读书更是最佳兴趣，目前的书籍越卖越贵是事实，但绝非付不起的数目。而且，图书馆免费地等你。

重复又重复地说，兴趣可以变为财富，一种东西研究到深入，就成专家，专家可以以新品种来换钱，至少也能写文章赚点稿费。

钻了进去，以为自己知识很丰富时，哪知道已经有人研究得比自己还深，原来七八百年前已写过论说，便觉自己的无知与渺小，做人也学会了谦虚。

另外，身边朋友少一点也无关紧要，我们可以把古人当老师，他们的著作看得多了，又变成他们的朋友。

一大早到花墟的金鱼市场观察鱼类，下午来到雀鸟街看哪一只鸟啼得最好。

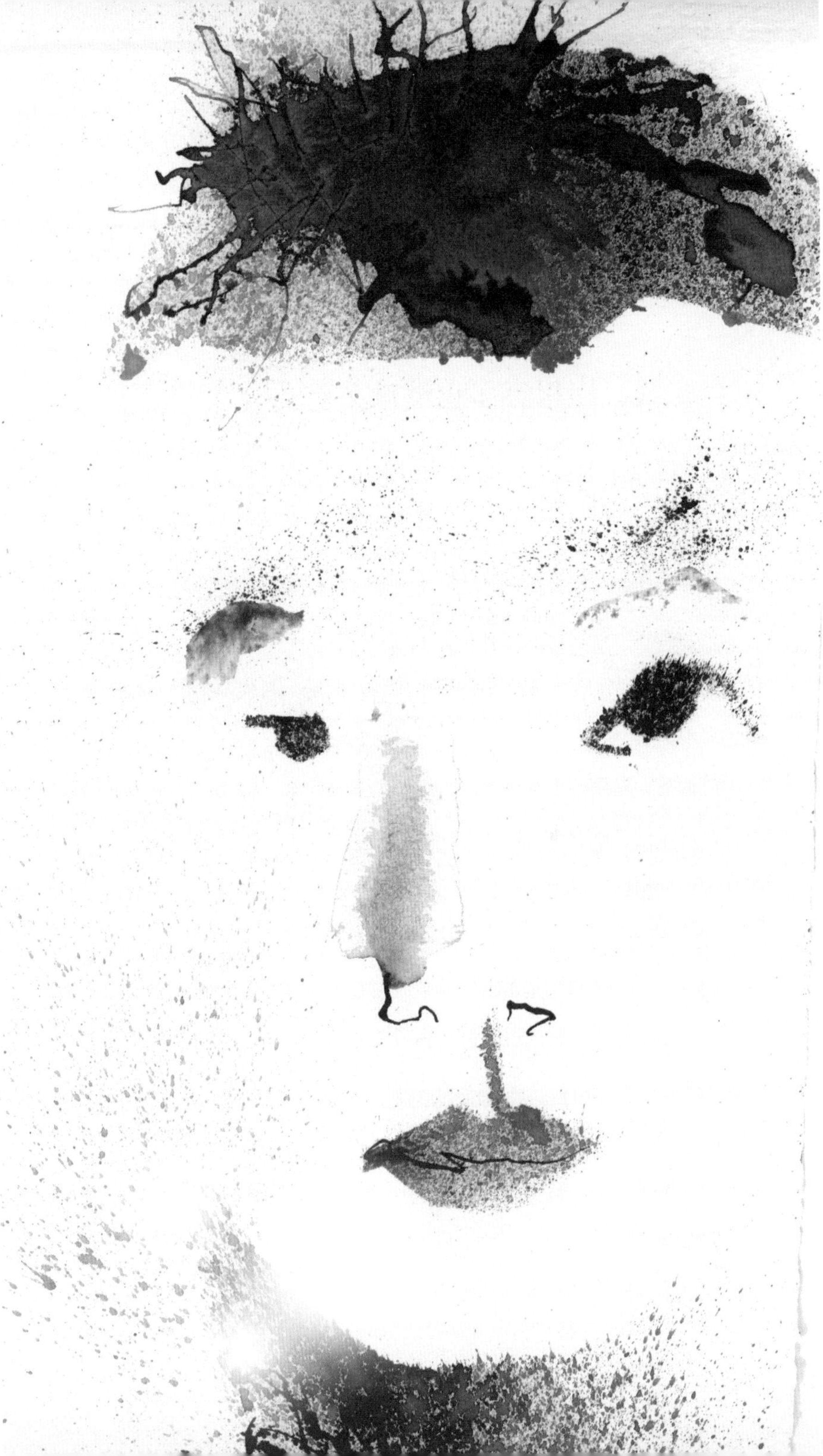

不会花钱，挣得再多也没意义

和丁雄泉先生相处数日，从闲谈之中，得益甚多。

“有些人一赚到钱，就说自己有多少财产也算不清楚。”丁先生说，“我的钱没有他们多，我知道我有多少钱，但是，问我画了多少幅画，我也算不清楚。”

吃饭时，见菜单上有醉蟹，即叫一客。

“您不怕生吃有细菌吗？”作陪的人问他。丁先生瞪了他一眼，好像在说这种问题你也问得出，照吃不误。

看着醉蟹的膏，他说：“你看，多么像海胆。”

侍者拿了一个吃大闸蟹的铁夹子放在旁边。丁先生一下子把整碟醉蟹吃光，剩下蟹钳，就放进嘴里把硬壳咬个稀烂，七十多岁人了，牙齿还那么好，我叫侍者把铁夹收回去。

画展之中，丁先生感觉和客人交谈已经乏味。我们两人就偷偷跑到隔壁的一家餐厅去，看到酒牌中有香槟，叫了一瓶。我只喝一杯，其他的由他包办。画展完毕后又去同一家餐厅，慰劳工作人员，再开五樽香槟，他一人趁机又喝了一瓶多。

来了一位台湾老大哥，开夜总会的。丁先生说：“盗亦有道，比很多高官好得多。”

老大哥请吃晚饭，丁先生又和他干了满满的数杯白兰地，面不改色。饭后老大哥邀请我们去他的夜总会，我说：“这种地方的女人庸俗得很，你酒喝多了，还是回旅馆休息吧。”

“有女人的地方，总要去看看。”丁先生说，“对女人有兴趣，才有生命力。”

“做人要懂得花钱。”丁先生裤袋中总有一大沓钞票，“人家说花钱容易，赚钱难。我说花钱更加不容易，你看许多人死了，都留下一大笔钱，这不是一个好例子吗？”

活着，就要做有意义的事

有些城市有计划地种树，一排排植成林，煞是好看。香港也曾经受过这种洗礼，但只限于一小部分，像太子道上的鱼木。

红棉道上应该有很多木棉吧？已被砍光，现在剩下的只有零丁数株。弥敦道上，尖沙咀美丽华酒店附近的那一段，还是有很多棵大榕树，家父最为欣赏，第一次来香港看了就觉得这个城市有文化。

当年他是乘船自内地来香港，邮轮在维多利亚港口沉没，弄得要游水上岸，身上一切尽失。他已不记得那艘船叫什么名字，想查一查，但我为生活奔波，没空去做，即使现在找出来，老人家已过世，迟了。

如果让家父了了这个心愿，那么我做人，至少可以说曾经做过一件有意义的事。

什么是有意义的事呢？种树可也。

香港这个名字，懂得汉字的人当然知道它的意思，一被洋人问道："Hong Kong? What does it mean?"的时候，我们照字面翻译的答案，对方听了一定哈哈大笑。

把这个被污染的港口变香，并不可能。再花多少人力物力，洋海已不能清澈。不但香港，全世界大都市的港都是如此。

在香港散步，处处闻到花的味道，留下深刻印象，倒是做得到的，就算不能全年发香，但是至少有一个月时间，也就够了。

让我们尽量去种白兰吧！这种树可以长得数十尺高，整棵开满又长又尖的白花，香得不得了，我们的气候也最适宜种这种花。

这种事最好让政府去做，数十年政坛上的功绩，在历史上并不重要，但是享受过那阵芬芳的后人，认为香港的确是名副其实香的事实，是无人能够抹杀的，何乐不为？政府不做，商人也行，总比留名在一个小小的学校有意义得多。

适当地放纵，会令人年轻很多

旅行团本月不举办，稿又已交齐，其他计划顺利进行，这一个月空闲。做什么最好？读书、写字、刻图章和绘画没停过，但是做学问的事总有点枯燥，看电影 DVD 吧，好的也没有几部。那些月饼盒那么厚的内地电视剧，说什么我也提不起心肝去刨完。

天下最有趣的事，莫过于打麻将了。

广东牌花的心思太多，输了亦扭转不了局面。我还是爱打台湾麻将，在最后一圈，结尾的那一副牌有机会起死回生，好不刺激。

刚好陪儿子到加拿大念大学的朱太太返港，在那边她闷出一个鸟来，誓言一回来要打个三天三夜。少女时代当过演员的她，有点疯狂，个性和我接近，一拍即合，三天三夜，就三天三夜，怕你吗？

原先我们打的都是传统台湾老章，有十六张牌，番数也不多。但她和一些雀友近年来已加了百搭，打起来千变万化。起初是四只，后来多加四只，八张百搭我还应付得来。这一次变本加厉，一共有十六张百搭，就把我打惨了。但三人陪你打，还要赢人家的钱干什么？

一副牌，手风顺的话，摸起来就是天和。或者打一张，其他人即刻吃地和，已无技巧可言，完全是靠运气了。

不过这也好，在传统牌上千载难逢的牌局都能做得出来。吻咕吻咕已是最容易的了，清一色绝对有可能，十三幺没什么问题。

吃起来，几十番几十番那么算，如果一副牌有两种以上的和法，番数照加。不过筹码除五，是我们从前打的五分之一，朱太太说当今香港什么都便宜，赌注也要减价，这是当今香港社会现象。

三天三夜打下来，天昏地暗，不过有种说不出的快感，那种放纵令人年轻许多。朱太太说加拿大那种鬼地方，别再去了。我赞同，我要是她，返港后会连续打三个月。

请不要压抑人的天性

“男人是不是应该有很多女朋友？”一个已经进入思春期的男孩子问。“这不是应不应该的问题，”我回答，“这是天生的，你父母生出你一副好奇的个性，就自然会让你交很多女朋友；你父母生出你循规蹈矩的个性，就自然只有一个了。”

“但是所有的男人都会被女性吸引的呀！”

“有些着迷了一辈子，有些只是吸引了一阵子。”

“那么统一来分析是错的了？”他说，“女人呢？是不是同样？”我说：“她们天生冷静，很少因为有很强的冲动而交很多男朋友。”“你这么说，我爸爸一定是一个好奇心不很强的人，我妈妈相反，所以他们才会每天吵架。”他有点气馁。

“你自己呢？”我问。

“我也是一个好奇心很强的人呀。”

“那么你多几个女朋友也是好的。”

他听了眼光露出喜悦：“从来没有人跟我这么说。大家都告诉我等我长大就知道。”

"这是你的天性，压抑不了的。"

"如果将来我和一个好奇心不强的女人结婚，后果会不会像我的父母？"他开始担心起来，"那怎么办才好？是不是别结婚了？"

"等到你找到一个可以向她说明，她也懂得什么叫人性的女人才结婚。"

"要是她也是一个好奇心很强的人呢？"

"互相理解，互相发展。"我说。

旁边一个大人听到了大骂："蔡先生，你别教坏孩子。"

我懒洋洋地说："教好他们的人太多，有一个教坏他们的人，也好。"

无聊，是年轻人的绝症

听到一些消息，见到本人，就问道：“有人说你已经离婚，还大肆庆祝，是不是真的？”

“没有结，何来离？”她反问。

“大家都以为你们是正式夫妻。”

“没错，这消息是我放出去的，出来工作的女人，有了婚姻，谈生意时对方会更尊重一些，所以找到了那个男的之后，就向人说我结了婚。”

“那你不是真心爱他的？”

“真心，真的真心。我爱他。”

“那干什么分手？”

“在一起之后，我发觉他完全变为另一个人。我是和那个变的人分手，我爱的仍旧是我刚认识的那个人。当时我宣布结婚，就等于嫁给了他。不过，我认为不必去办那些烦死人的手续而已。”

“你说服得了那个男的？”

“大家都是年轻人，大家都相信爱情的伟大。情到浓时，说什么都好。”

“你现在才几岁，怎么说话那么老气横秋？”我批评。

“不是老气横秋，是现实。”

“你不怕人家在背后说你是一个离过婚的女人吗？”

“怕呀，但是正式结过婚后离开对方，和没有结婚而分手，根本就是同样的事，怕也怕不了那么多了。”

有没有一份伤感？

GRAND MA
NENI
TOKAJI
ASZ
BUDAPEST·GOURMAND

练习，喜欢自己的生活

对生儿育女的观念，我早已看得很开。

这是旅行带来的礼物。当你在欧洲遇到许多夫妇，你就会知道没有子女，人照样可以活得很开心。而且他们的父母，也绝对不会怪他们为什么不传宗接代。

一起旅行的团友，多数只是夫妇一对，有的和我一样，不相信一定要；有的儿女已成家立业，没人在他们身边，也和我一样。

“哎呀，你不知道家庭的乐趣，那多可惜！”有些人摇头。

“哎呀，你自由自在，真是羡慕死我们了……”有些人点头。

完全是看法，他们怎么想，和我一点关系也没有。如果做人要为别人的话而活，也是相当悲哀的一件事。

虽然这么说，父母之言，还是要听的。最难过的那一关，还是担心家长对我的期望，这是非常迂腐的。不过，蔡家已为长辈传了六个孙儿孙女（哥哥、姐姐和弟弟各两名），只有我没有后代，我父母亲是默许的。

看见友人为他们的子女烦恼，我捏了一身冷汗，当他们跑来和我商量时，我不知道怎么安慰他们。我有最好的借口：“我自己没有，无法了解，不懂得处理。”

儿女背叛父母的例子也太多了，父母憎恶子女的个案也见得不少。让上帝去原谅吧，我们自己饶恕不了的话。

新年期间，应该喜气洋洋，怎么思想那么沉重？还是说点欢乐的。谢谢那些生儿育女的家长，不然我们哪里去找年轻的情人或女友？

“现在养一个小孩，根据统计，要两百多万港币。”一位带着一家人的团友说。

另一位没有子女的笑嘻嘻：“蔡先生的旅行团团费两万多。我没有小孩，可以参加一百次。”

过我想过的日子

《山居岁月》和续篇《恋恋山城》的作者彼得·梅尔对于写作，幽默地举例。

作家常以为他的经纪人爱他爱得不够，空白的稿纸是他的死对头，出版社是不守信用的小气鬼，书评家是他的大冤家，老婆不了解他，连酒保也不了解他。

银行放款部主管一看到，便即刻躲在桌底下，他知道文人不是低风险的借账对象。

作家需要做大量的资料搜索，外行人看来好像只要花五六个小时在图书馆中就完事，或者只要打六七通电话，但是在今天，作家提出所有的细节全部应有事实根据，单凭想象和几笔地方色彩是不够的，读者要知道作家到过什么地方，做过什么事才能信服。

太普通的国家没人看，作家要做资料收集，通常必须出现在一些最不堪过活、最危险的角落里，像贝鲁特或尼加拉瓜等。

几个月很快地过去，虽然荒蛮地方，生活费不高，但是来回的机票不便宜，再加上回国后在医院的身体检查，看看是不是得了怪病，才是最贵的。看起来作家好像万事俱备，可以开始动工了，但对着那一大沓空白的稿纸，他来回踱步，呆呆地瞪着窗外（作家常常看天色）。最后，一个字也写不出来。

这叫“写作阻塞症”，或称为“写作痉挛症”，是作家两耳之间出现的痛苦症状，已经发生。

不知道别的作家怎么想，我是愿意无条件地挨下去，也不能适应舒舒服服但寄人篱下的办公室日子。开会时我注意力已退化，打领带会出麻疹，深深地厌恶公事包这件东西。

写作是折磨，还是雅癖？我不清楚，但是我明明白白地知道，作家的生涯就是过我想过的日子。

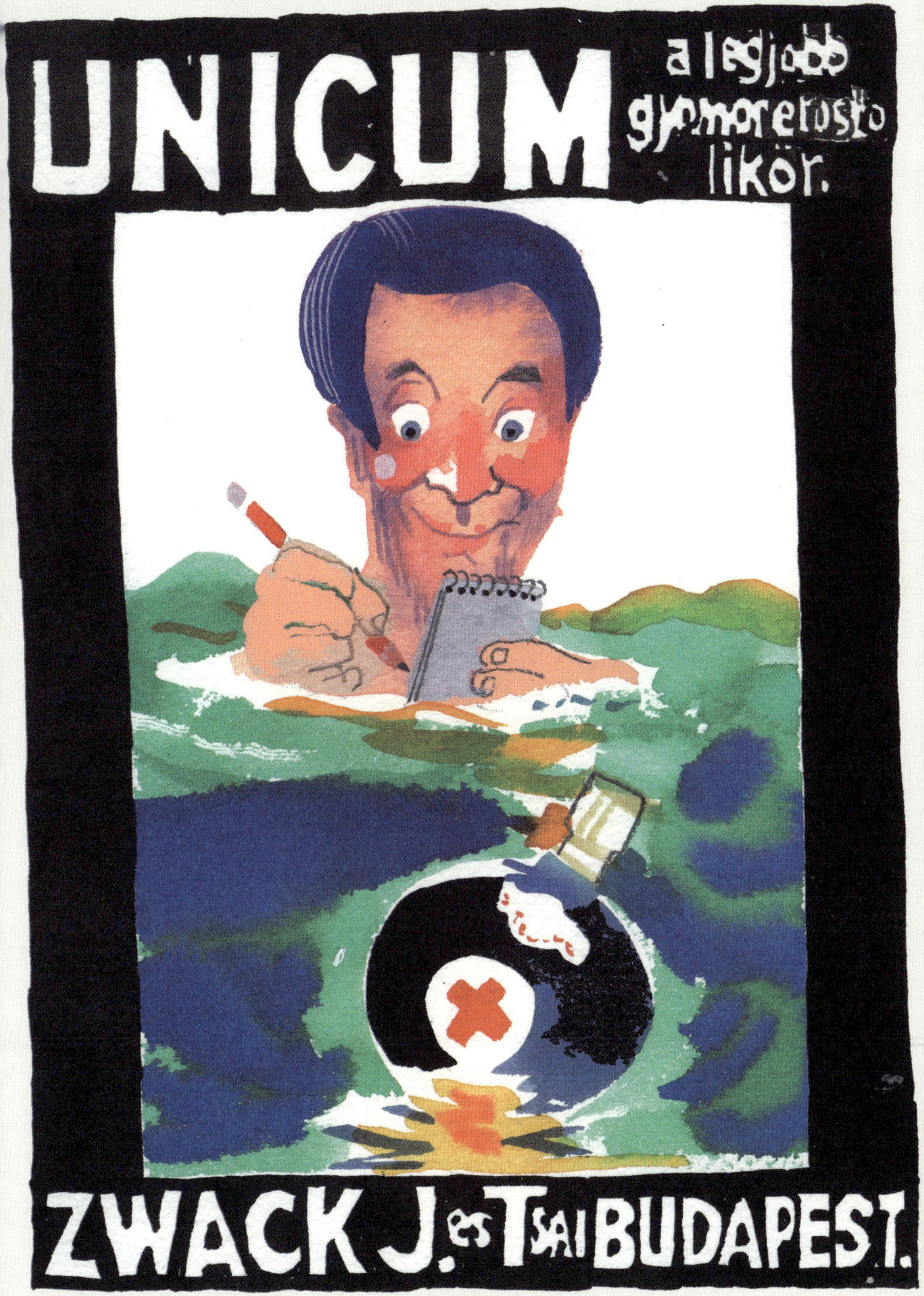
UNICUM
a legjobb gyomorerősítő likőr.
ZWACK J. és Tsai BUDAPEST.

第三章

原来人可以这么快乐

每天都比昨天活得更快乐一点

我不相信有鬼魂这件事。

人死了，如有灵魂的话，也很快飞走。过个数小时，便无影无踪了吧。

科学家把人体称重，说死了之后会减轻。也许真有灵魂存在，但是如果不消失的话，那么空中挤满了，不是一件好玩的事。

写鬼故事，主要是爱读《聊斋志异》，喜欢上那股凄艳的味道，至于青面獠牙的吓人玩意儿，我倒没有兴趣，留给好莱坞拍恐怖片去。

在写鬼故事的过程中，起初有许多题材，很顺利地入手。写了几篇之后，就感到吃力了，赶紧又重读《聊斋志异》，看看可不可以抄袭一些情节，但是书上只是生动地描述人物，对于故事的结构，有时拖泥带水，有时有头无尾，现代人读了满足感不够。

我认为鬼故事有一个意外的结尾比较好看，苦苦思之，每每想不出来。

到了晚上，坐在书桌前，一小时一小时过去，一夜一夜过去，只字不出。

这时，我才怕了起来。是不是被鬼迷住，就是这种结果？

所以，我马上停下来，不写了，因为已经不好玩了嘛。

前前后后，写了二十多篇，有四万多字，可以出一本单行本，够了。一般的书要八万字左右，但是我怎么也不能继续写下去了。投机取巧，和“壹出版”的主编周淑屏商量：“四万字行不行？”她说：“纸用得厚一点，勉强可以，再加上苏美璐的插图，应该没有问题。”

我写这篇东西，算是一个后记吧。

书至此，邮差送来远方的来信，打开一看，是林大洋写的：

“……我读了你把我当主角写的鬼故事，好玩得很。你说得对，有时鬼比人还要有趣。

我现在住在斯里兰卡这个小岛上，天天对着蓝天和海鸥，一点也不感到寂寞。

在这里，我认识了《二〇〇一年太空漫游》的作者亚瑟·克拉克。他的本行是作家，也是一个科学家。人造卫星的原意，是他创造出来的。现在他在这里定居。

我们做了好朋友，每晚聊人生的意义，他的出发点是以科学来见证。我则是用空虚的灵学、道家、佛教和禅宗的说法去了解。

两人谈得很愉快，互相发现对方的世界和生活方式虽然不同，但结论是一样的。

但是，我们怎么谈还是谈不出一个对人生有意义的道理来。

你也曾经问过我同样的问题，我试过解答，不过我知道你是听不懂的。现在，我用更简单直接的方式来解释人生的意义吧。

亚瑟·克拉克和我都赞同：如果没有学识，居住在深山中的印度人，日出而作，日落而息，也是一种很好的人生。我也曾经告诉过你，我住

在印度山上时，当地的一个农妇每天给我做菜，吃的尽是鸡和鸠之类的山禽，我吃厌了，向她说：‘烧鱼给我吃吧！’

‘什么是鱼？’她问。

我画了一尾鱼给她看，说：‘这就是鱼，天下美味，你没吃过，实在可惜。’

她回答说：‘我没吃过，有什么可惜？’

当时我被她当头的那么一棍，打醒了。我把这故事也说给亚瑟听。亚瑟说：‘这我也能理解，但是人类由猿猴进化时，学会在残尸中找到一根骨头来敲击，这是求知欲的开始，有了求知欲，便得不到安宁，永远要追求下去。’

‘人生识字忧患始，中国人也有这么一个说法。’我向亚瑟说，他点头理解。

我们生活在这个文明的世界，接触了学识，已经不能停留在一个阶段中。你也曾经写过，金庸先生说：要多看书，书读多了，人生自然会升华，层次更高。

这句话一点也不错，我一生，一有机会就读书。但是书读多了成书呆，最好的办法就是旅行了。在旅途中，我向种种人学习，不管他们的文化比我高或低，都有学习的地方。

现在，我老了。亚瑟说他也老了，我每天还在雕刻佛像，亚瑟发表了新书《三〇〇一》，我们都不停地创作，创作才有生命。

但是，创作了又如何？为名，为利？创作是为自己呀！我这么向自己说，也说服不了。为自己？又如何？

最后，亚瑟和我都基本上同意了一点，那就是要把生活的质素提高，今天活得比昨天高兴、快乐。明天又要活得比今天高兴、快乐。

仅此而已。

这就是人生的意义，活下去的真谛。

只要有这个信念，大家都会由痛苦和贫困中挣扎出来，一点也不难。”

没有意义，就是人生的意义

朋友问我：“人生的意义是什么？”

这个问题天下多少宗教家、哲学家都解答不了。我的答案，只能当为笑话。

人生的意义太过广泛，最好分几个阶段来讨论，然而越想越糊涂。

做学生时只想到玩，人生目的集中在怎么毕业，或者如何逃学。

进入社会奋斗，物质享受并不重要，拼命争取更多的权力。

步入中年，生儿育女是最大的意义吧，这时经济已稳定，但要想尽办法怎么去保护自己建筑的城堡。

垂垂已老，再回到物质享受并不重要的阶段，求个安详。

“人生的意义到底是什么？”朋友再追问，“你讲了老半天，还讲不出一个道理。”

“人生没有意义。”我回答，“任何目的，达到后还是一场空，没有意义就是空。”

“这种道理似是而非，根本说不出一个所以然！”朋友骂道，“你说的那几个阶段，具体一点回答行吗？”

“行，”我说，“像一个故事一样，起先一个人住一间小屋，结婚后两个人生活，努力买一间大一点的，生了儿女，买一间更大的大家住。后来，儿女一个个离去，大屋子打理起来很麻烦，便换回一间小的，两个人够住就是。等到其中一个死去，剩下来的人换间更小的，渐渐地体力不支，再要求最小最小的地方居住，那就是一副棺材了。”

“去去去。”朋友已大骂，“你这个人最近总讲一些丧气话，有没有愉快一点的？”

我默然。人生意义到底是什么呢？吃得好一点，睡得好一点，多玩玩，不羡慕别人，不听管束，多储蓄人生经验，死而无憾，这就是最大的意义吧，一点也不复杂。

别把生命浪费在无聊的人身上

“一年前才买的两千多万的楼，现在可以卖三千多万，一年之内，赚一千万。”朋友说。

“恭喜你了。”我说。

此人叹气：“是同事买的。”

废话！

跟着，他埋怨这叹息那，说了一大堆走了眼的机会。

我还是那句老话：“广东人说得对，有早知，无乞儿。”说完我转头走开。

另一种“想当年”的人，我也很怕。“当年我有多么厉害”，等等的对白，听得令人作呕，而且他们喜欢重播又重播，让人多吐几次。

有时一桌人吃晚饭，谈政治，一谈谈个不停，要是都是好朋友，我便坦率地要求他们转个话题。遇到不是太熟的，我便静悄悄地跑回家。有些长气的八婆，自以为好心肠，看见我患了感冒，便说：“还不去看医生？”

“喝点姜茶就好了。”我回答，自己的身体自己知道，已拥有数十年了。“有种膏药搽在心头很有用！”她们又说。

“喝点姜茶就好了。”我又说。

“介绍你一个喷气筒，很有效。”再劝我。

“喝点姜茶就好了。”同一个答案，用三次、四次、五次，用到她们觉得烦为止，自能将八婆治退。

学郑板桥说：“年老神倦，已不陪诸君作无益语也。”

越来越觉得人生苦短，不能浪费生命在这种无聊的人身上。

不过，自己的毛病不觉察，也许周围的人也不能容我。是时，我可能成为一个固执、孤独的老者，但亦不后悔。有山有水为家，有花有鸟做伴，已足矣。

平稳的人生，一定闷

咳个不停，找吴维昌医生看，他说顺便照一照心脏吧。

我的血压一向没有问题，但循例检查也好，定了养和医院。

登记后，走进一室，医生替我插一根管进手背，以便注进些放射性的液体，方便查看 X 光片。不是很痛，忍受得了。

接着就是躺在床上，一台巨大的机器不断地在我四周转动拍摄。上一次检查是四年前，一个大铁筒，整个人送进去，声音大作，轰轰隆隆拍个不停。现在这一台没有声音，医生还开了电视，播放美景视频和禅味音乐。

越看越想睡，被医生叫醒："睡了就会动。"

真奇怪，睡觉怎么动呢？也只有乖乖听话，拼命睁开眼睛。

好歹二十分钟过了，心脏图照完，再到跑步房。

护士认得我，说四年前也做过这种检查，和八袋弟子一起做的，我还能跑，他就跑不动了。所谓跑，只是慢步而已，最初慢，后来加快。身上贴满了电线，心速显示在仪器里。

"你平时做不做运动？"医生问。

我气喘吁吁地回答：“守着人生七字箴言。”

“什么箴言？”

“抽烟喝酒不运动。”我说。

医生和护士笑了出来，他们都很亲切，没有恐怖感，大家像在吃饭时开开玩笑。跑完步，又再照一次，两回比较，才能看出心脏有没有毛病，报告会送到吴医生处。

人老了，和机器一样要修，这是老生常谈，道理我也懂得。

问题在于有没有好好地用它，仔细照顾，一旦娇生惯养，毛病更多。像跑车一般驾驶，又太容易残旧，但两者给我选择，还是选后面的，平稳的人生，一定闷。我受不了闷，是个性，个性是天生的，阻止也没有用，越早投降越好。到最后，还是命。

老了，快乐才刚刚开始

银灰色的头发，原来是那么好看。

花一杯酒的钱，已得到十杯酒的醉意。

如果活在古时候，这个年龄，大部分的人都已死去。

原来从前留下来的米老鼠手表，是多么值钱。

吃多咸，也不必担忧。反正没多少年可活。

如果你请病假，别人已不怀疑。

不必有父母亲来唠唠叨叨地烦你。

不必因为梦遗半夜起来换底裤。

再不可能遇到世界上最讨厌的数学老师。

再不会有一个给你压力的上司，当然，除了自己的老伴。

已经达到退休年龄，还怕被炒鱿鱼？

驾车横冲直撞，别人反而要避你。

可以省下很多买洗发水的钱。

会遇到很多年轻的女人：年轻的更年轻，老的看起来不见得太老。

柏拉图说过：当身体上的视觉渐渐失去，心灵上的视觉渐渐灵敏。

就算是乘“铁达尼号”，你也会和妇孺一齐坐上救生艇。

到殡仪馆的路，很熟悉。

没那么快脸红。

如果你不会抽烟，你可以开始学学，你有足够的时间去生癌。

能带比你小二三十岁的女孩子去吃饭，代表你很有钱。

失望并不太痛苦，因为希望已不太快乐。

喜欢收音机，比电视多一点。

山德士上校，在六十多岁的时候才开他的肯德基连锁店。

你的敌人，已死得七七八八。

胡说八道，还有人肯留心去听。

享受讲真话的乐趣

我们骗人，有时候也不一定出自什么鬼主意，我们只是在学习怎么“做人”罢了。

遇到朋友的小儿子，实在是个长得极不讨人喜欢的家伙。我能够照实说吗？当然是以摸摸他的面颊，说声“这个小孩子真聪明”作为收场。

像夫妻之间，讲了真话反而要吵架，不如互相哄哄作罢。

久而久之，我们的谎言越来越多，做人所谓圆滑。到最后，我们自己也分辨不出自己讲的话是真是假。

年纪大了，有个好处，就是可以尽量地少说假话，少骗人。

我们会发觉讲真话，是多么舒服，多么过瘾。用我自己的例子来说，竟然可以用讲真话闯出一个名堂。

日本有个很受欢迎的电视节目叫《铁人料理》，由电视台派出三个大师傅和来自名餐厅的挑战者比赛，用同一种材料，在一个小时内看谁烧的菜最好吃，花样最多。

这节目的制作人叫我去当评判，我吃了之后，好吃就说好吃，难吃就说难吃，不像别的评判那样为了要做人而含混不清。

结果，变成我的评语最受欢迎。

渐渐地，我已经在享受讲真话的乐趣。

如果我应酬时吃饭吃到一半，觉得无聊，我就会起身告辞，做个“酒仙”。哈哈，粤语中的“走先”。

我也很明白老了之后要有一点积蓄的道理，但是储蓄的钱应该按照今后可以活多少年去花，死了留来干什么？

真话也要花，我花我从前学会“做人”的经验。人得罪了也算不了什么，继续讲真话。

每天吃，每天笑，人生夫复何求

和倪匡兄到星马去演讲，新加坡一场、吉隆坡一场、槟城一场，各地住上两天。

主办方问：“演讲应该有个主题，你们的主题是什么？”

哈哈哈哈，倪匡兄和我连笑四声。我们演讲，从来没有什么主题，反正由听众发问，他们想听什么，就讲什么好了。自说自话，人家不觉好奇，又会有什么效果？

不过，我向主办的大员早慧说：“倪匡兄喜欢吃鱼，要多准备几餐。”

“我早就知道了，”她说，“有很多鱼餐，但也有一次吃娘惹菜。”

“不必什么娘惹菜，还是餐餐吃鱼好了。”

“但是马来西亚出名的是河鱼呀。”

“马来西亚的海鱼种类可真多，但河鱼肥起来有时比海鱼好吃，准备些大条的苏丹鱼和巴丁鱼吧，但都要野生的。”

“知道了，知道了，我还叫人找到野生的笋壳鱼呢。”早慧不应该认识我们这些麻烦朋友。

一想起掀开河鱼肚充满的油膏，就要抽纸巾擦嘴，倪匡兄一定也会高兴。

本来是从槟城直飞返港的，但时间不对，早慧安排了我们去吉隆坡一天之后，飞往槟城，从那里陆路乘车一站站折返吉隆坡，再住一晚，然后从吉隆坡回香港。这也好，路边可吃的东西还真多呢。

我把修改过的行程告诉倪匡兄，他耸耸肩：“无所谓，你说什么就是什么，我负责的，只是去吃吃喝喝。”

再打了一个电话给我弟弟蔡萱：“请你准备一根拐杖，爸爸用过的，选一根就可以。”

“要拐杖干什么？”他问。

“拐杖带上飞机很麻烦，只好在当地买，下机后即用，放进行李中带回香港。和倪匡兄旅行，每到一处都买一根，希望今后他的客厅摆满拐杖。”

和他旅行，真是一乐，每天吃，每天笑，人生夫复何求？

辛苦还是快乐，自己知道

最近在中国港澳两地奔跑，友人见了问："不辛苦吗？"

我摇头："辛苦了，我就不做了。"

朋友总是觉得我的事情做得太多，担心我的健康，家人也是一样，问长问短，变成了一种不必要的精神压力。

自己的身体自己知道得最清楚，做不了的话，当然停下来，有谁那么笨来刻薄（意为苛刻对待）自己？

今天从中国澳门回来，明天又要带团去日本，友人再问："辛苦吗？"

又不是一个人管理一切，我有很多助手随团，琐碎事情年轻人去做，我泡泡温泉，吃吃大餐，何来辛苦？

日本人一有生意做，就当你是老太爷那么拜，舒服得很。

当这种旅行是休息，绝对是事实。吃完晚餐后我都不应酬，再泡个热水澡就睡觉，翌日天未亮就起来，又到浴室去，头脑清醒，写起稿来文字流畅，可存多篇。

购物的乐趣是无穷的，路上停休息站，乱买一番，钱花得过瘾。每个休息站卖的都是当地货物，甚有特色，像看到风干的大蒜，可当花生吃，是别的地方买不到的。

如果看不到喜欢的，要一筒软雪糕好了，口感滑得像丝绸，奶味又重，很香。团友见我这个老头也吃了，都各自买一筒来回忆童年往事，其乐融融。

回到都市，最爱逛的是大百货公司地下的食品部，每一个摊档都有样品赠送，想起做学生时钱不够吃中饭，就来这里试食充饥，觉得日子过得甚快。

辛苦吗？你说呢？

原来人可以这么快乐

已经是旅行的世纪，交通发达，去什么地方都很方便，问题在于是不是说走就走。要是不走，一生什么地方也甭去。

最普通的是拍张照片，证明到此一游，所以傻瓜相机卖得那么多，柯达和富士发达了，威（粤语，意为显摆、炫耀）过一阵子，目前才担心被数码相机代替。

更普遍的是买些没用的纪念品，纽约自由女神像、悉尼树袋熊、伦敦火柴头御用兵，都是中国制造，你不想要，旅行团向导也会强迫你买几个回来。

还是吃的最实惠，新加坡猪肉干、槟城咸鱼、曼谷榴梿糕，吃完了不会变成废物。

就是不明白为什么只看风景，不接触当地人，不看人家是怎么活的。

风景有什么稀奇？现在的电视机，要看什么地方有什么地方：巴黎铁塔、荷兰风车、埃及金字塔，看得不想再看，虽说和亲自感受不同，但对一般游客，只是一张明信片。旅行，最好的土产品，应该是回忆。

我时常说是人，不是地方，遇到的人，才值得令你想起一个地方。

如果交了一个朋友，怎么坏的地方，都会变好；遇上一个扒手，风景再美，印象也不佳。

对比贫穷的国家，我们应该感谢上苍，让我们活在乐土上；去了较文明发达的都市，我们应该争取那种自由的精神。

原来人是可以这么活的！在印度，人们扭一团面，搭在壁炉上，一下子熟了胀起，就能吃了，比吃白米饭快多了！

原来人是可以这么死的！在墨西哥，人死得多，把死亡当成一个节日来庆祝，葬礼才放烟花。死，并不可怕。

原来人是可以这么快乐的！在西班牙，明天是明天的事，何必忧国忧民？下次旅行，多带点土产回来吧。

每天要是心情不愉快，是多大的损失

需要一个洗脸盆，到室内装饰铺子林立的骆克道去找。

洗脸盆多数是藏在大理石柜之中的，但我小时看到的是露在外面的。当今复古，很多也是独立，看到整个盆子的，我较喜欢。

商店出售的多是白颜色洗脸盆。白色没什么不好，一脏了即刻看得到，但是白色到底平凡，而且让人联想到医院。

理想的是一块石头挖出来的洗脸盆，意大利、法国很流行，中国香港罕见。问店员，他说进口过一阵子，但价钱太贵，欣赏的人又不多，故作罢。现在也有石头的，但是都是合成石，我对所有合成的东西都有点反感。

名设计家的洗脸盆，要卖几万块一个，怎么想也不值这个价钱。骆克道上的高级店铺就是抓客人的心理，反正几百万、上亿的新居已经进入，区区几万块钱又何足道?

正在为这个洗脸盆烦恼时，因公事去了佛山的“虞公”一趟，摆在我眼前的，就是一个刚烧好的，画上曾力、曾鹏两兄弟独特的花纹，本身就是一个艺术品，令人爱不释手。

即刻要了，价钱便宜得不能置信，曾氏兄弟并不很看重这些。

高高兴兴把洗脸盆捧回去，友人一来第一时间展示，大家都说漂亮到极点。真想不到人生之中，那么一个简单的东西能带来那么多的欢乐。每天面对的东西，要是心情不愉快，多大的一个损失！再去时，看到一个石榴红烧出的洗脸盆，又心痒痒打主意。

“是不是很容易就烧出一个？”我问。

曾鹏兄回答：“容易。”

结果我要求他作画，把最平凡的鸡公碗抽象了，变成一个大洗脸盆，曾鹏兄说：“有趣，你下个月来，就给你带回去。”

所有烦恼，都有解药

解药，听起来像是武侠小说里才出现的。

茶喝多了，尤其是未经发酵的绿茶，像龙井，就会醉人。半发酵的铁观音也好不到哪里去，空肚子喝，不习惯的人总出毛病。

茶醉起来比醉酒更难受，头晕眼花，冷汗直飙，整个胃像放在洗衣板上揉擦，又搓在一起，挤出一滴滴黄色的胆汁。

茶的解药，就是喝更多的茶，你想不到吧？品种不能乱服，只限老水仙，像大红袍等岩茶最佳。

另一种解茶醉的秘方就是糖了，把一方块冰糖放进口中咬，最有效。外国人喝完茶总要送点甜品，是有道理的。

泻肚子也靠糖，不过是葡萄糖。西药的小小一粒止泻药很有效，中药的济众水、日本药的喇叭正露丸都不错。但是止了泻，食物中的毒素留在肠胃，还是发出一阵阵的绞痛，让它拉个干净较佳。这时整个人虚脱，就要靠葡萄糖来补充了，喝一口很浓的葡萄糖水人就舒服起来，再也不必去洗手间，百试百灵。

药房中卖很多解酒的药，广告上也有扮皇帝的演员推销，试过的人说很有效，但严重的宿醉，这些成药救得了吗？

醉得多了，自己有一套解酒方法，那就是在中药店买五块钱的枳椇子，煲个二十分钟，服了即解。枳椇子很厉害，草药书籍上也有记载，说造酒之家要是种了这种树，叶子掉入酒瓮，即刻败坏。最原始的解酒药，就是睡他三天。

至于感情上的解药又如何？

男朋友离你而去，唯一解药，就是找个新的。没有比这个秘方更快、更有效的了。

文人说钱不重要，当今社会已是迂腐。钱是必要的，解药是不把钱当上司或老板，把钱看作菲律宾家政助理，最有效。

玩物养志

返港后，患感冒，看来是时间休息了。但，我是一个停不下来的人，正好利用这个时段，玩微博，享受在吃完睡，睡完吃之间。

回答一群来自各地方人的问题，“新浪微博”网站给他们安上“粉丝”的名字，我并不喜欢这个称呼，宁愿用回读者；或者是新一点，称为网友。

答案有时在书桌上，有时在电视机前，有时在床中写。iPad 就是有这个好处，因为它是史蒂夫·乔布斯在病榻中构思出来的。

父母教导我们凡事要做，就得尽量做得最好。我不敢说我的微博最受欢迎，但至少，我是回答得最勤力的。因为在这期间可以日夜上网，读者的所有疑难，不管大小，一一满足各人要求。微博有一个术语，叫作“刷屏”，网友一打开网站，看到的都是我的答案，就说每天被我刷屏了。

我用计算机，最大的苦恼在于不会以中文输入。曾经学过不少方法，除了手写，都失败。但手写，缺点有：一、速度慢。二、有些字计算机认不出。三、iPad 并不支持繁体字输入。

回复微博的这几天，我日夜锻炼，已经克服了以上的难题。

一、写惯了，就快。二、计算机认不出的字，用最愚蠢的方法，先在iPhone上下载了“拼音字典”，一个个查，像“喜”是xi，“欢”是huan。久而久之，便记得。最后只要打“xh”，就会出现“喜欢”二字，更敏捷。三、简体字也学会了，加上联想功能，越写越快。

答得多，在微博上关注我的人也随之增加，我挑选一堆精简的内容聚集成书。而且国内的简体字版销路逐渐转好，已很少盗版了，又为我带来一些额外的收入。

这也呼应了我给年轻人的婆妈语：一切，都要用功得来，并无他途。

今后可以在iPad上撰稿了，不必受传真之苦，去哪里写到哪里，一按键，电邮到编辑部。

谁说玩物丧志？其实玩物养志才对！

TOKYU
HANDS

中文输入法

问：最近做些什么？

答：学东西呀。我二十岁开始，答应过自己，每天要学一些新事物，看书也算在里面。

问：现在学的是？

答：中文输入法。

问：（带点轻蔑）我们已经老早学会，你怎么到现在才开始？之前一直是手写的吗？

答：唔，我们不是生长在电脑年代的人，手写是必然的事，所以也练得一手好字，比你的漂亮。

问：（有点尴尬）什么输入法？仓颉？

答：所有的输入法都学过一阵子，只有仓颉还没有碰过，它最难，留在最后学吧。

问：其他的呢？罗马字拼音法学过没有？

答：我是一个乡下人，发音不准，现在已没有希望说一口标准的普通话。而且和英文发音不同，像那个“he”我们习惯说成英文的“他”，但是当我们发现“he”应该读为“河”时，我就放弃了。

问：笔画输入法呢？手提电话用的通常是这一种。

答：太原始，太慢了。有些字的笔画根本分辨不出来。像“有”字，先写“一”还是先写“撇”？像“女”字，先写“竖折”还是先写“一”呢？最后，我还是学“纵横输入法”。

问：什么叫“纵横输入法”？是谁发明的？

答：是一位叫周忠继的老先生发明的，已有七八十岁了，他学得会，我没有理由学不会。基本上，它是由“四角号码”延伸出来。字是四方形的，看准了它的四个角，用阿拉伯数字来代表，每个字都很容易认出。

问：“四角号码”又是谁发明的呢？

答：王云五先生，商务印书馆的创办人，来头可大了，编的字典现在还在使用。他花了一年半的时间来归类，制定这个方法，后来打中文电报时也派上了用场。不过最初的构思是高梦旦先生想出来，王云五也没有忘记他的功劳，写序时先感谢他。

问：“四角号码”真的那么好用？

答：一九二七年发明时，文人惊为天人，蔡元培和胡适都写过文章赞扬这个方法。

问：哦，那么好用。但是为什么现在没人用？

答：要念一些口诀才能用。胡适先生说过，阻力来自两个魔鬼：一个是守旧，一个是懒惰。守旧鬼说：“仍旧贯，如之何？何必改作？”懒惰鬼说：“这个方法很好，可惜学起来有点麻烦；谁耐烦费几分钟去学它呢？”这个懒惰鬼最可怕；他是守旧鬼的爸爸妈妈，一切守旧鬼都是他的子孙，先学会了，才有批评的资格。

问：那你是怎么学“纵横输入法”的？

答：出版商印了一张卡片，写着口诀。口诀为：一横二竖三点捺，叉四插五方块六，七角八八九是小，撇与左钩都是零。

问：那么难，怎么记？

答：的确不容易。但是我把卡片放在口袋里，一有空就拿出来背，一天背一行，四天后记得一半，得再花四天完成，多加四天重温。

问：背完口诀后怎么实用？

答：要实用还差一大截呢。它有一本字典，列出几个取码规则，得把规则读熟，才能用上。

问：有什么捷径？

答：一切基本功都没有捷径。我本来睡觉之前一定要看一轮小说，只好牺牲了，利用这段时间来熟悉号码。几个月下来，越读越兴奋，因为认的字越来越多，而且一通百通，真过瘾。

问：举个例子来听听。

答：“纵横输入法”比“四角号码”先进，依字形，有时也不必四个号码，两个也行。像我的姓氏那个“蔡”字，上面的“草”，用 4 来代表，下面的 “小”用 9 来代表，按 49，“蔡”字就跑出来了。

问：就那么简单？

答：原理总是简单的，实用起来，就有例外，一例外，又得死记。

问：那有什么乐趣？

答：乐趣在于熟练原理，便能推算。当年王云五把原理告诉了胡适之后，两人坐着马车，一看到街上招牌和路名，即刻你用一个号码、我用一个号码来推测，猜对了，两人哈哈大笑！你也学会的话，我们就可以一起来玩这个游戏。

问：那么“九方输入法”呢？

答：也由“四角号码”演变出来，把字形变成符号来代替数字。

问：但是“四角号码”是死东西！有什么用？

答：我学的篆刻，大篆、小篆，甲骨文、金文，都是死东西。死东西是古人做过的学问。可以欣赏，就有用了。

问：学来干什么？那么麻烦！

答：你忘记了刚才提到胡适先生说的话吗？先学会了，方有批评的资格。

做自己喜欢的事，便是幸福

数年前常到湾仔区的一家叫“陶斋”的小房子去。

“陶斋”的主人不姓陶，名字我从来没有问过，只知他的广东话讲得不好，听口音像是位上海人。

一进门，只见这间只有两百平方英尺（约十八点五平方米）的书房，四周搭着架子，架上一盒盒的 T 恤衫长方盒和各种商标的鞋盒。

线装书、古画、石章等各处扔，一切都是那么残旧和杂乱。

房子的心脏部位摆着一台最新型的复印机，像个穿越时光的机器。

在这里，你可以找到任何一种数据，不管是文学、经济还是艺术。主人看书极多，他将好的文章保留下来。每天又订了十几种报纸，每种两份，读完两边都可以剪下来，收藏在 T 恤衫盒中。分多种种类，粘上题目以易寻找。

客人一有所求，陶斋主人即刻迅速地找出一大堆数据。

经挑选过后，他便拿到复印机上去影印。

因为机器性能极好，影印出来的东西黑白分明、清楚悦目。

每份数据收费一港币，主人说不算人工，本钱也要五毛，如果要求的分量一多，他自动地为客人打个八折。

房子的一角，摆着一张折起的睡床，可见主人也就生活在这个小房间中。

我不知道他如何洗漱和放私人的东西，大概他一生也没有什么私人的东西，除了这一堆堆的书、画、石头和资料。

“陶斋”不知道是从什么时候开始存在的，听友人说，有几十年了。

这些年来，“陶斋”给做学问的人贡献巨大，要找最偏门的人物的资料，随即翻到。有些论著能在书店中找寻，但是无法从头搜集报章和杂志上的文章。

它的主人，如果没有这份浓厚的兴趣，也不会以此为生，做自己喜欢的事，又不用受气，实在令人羡慕。

可惜，在楼价高涨、租金昂贵的情形下，“陶斋”也随着消失。

最后一个独立者也不存在，可悲。

做自己觉得快乐的事，乐到病除

从前，在街上卖膏药；现在，在电视、报纸、杂志上推销。药不吹嘘，无人光顾。

在外国和一些地区管治得很严，没真正效用的，乱宣传一番，会被告到官去。中国香港的药物条例，是一些所谓的健康补品，不受拘束。

这一来可好，种种减肥药即刻出现，都当成补助的，大吹大擂。要减肥，吞几粒药丸就能达到目的？广东人说“边度有咁大只蛤乸随街跳”（粤语俗语，意为天下没有免费的午餐）。那么便宜？三岁小孩也不相信，如果真正有效，已得诺贝尔医学奖。

更好笑的是丰胸丸，吞了几粒，二十八英寸胸围变三十八英寸？哈哈哈哈。

有一阵子，说鱼的油最好，含有什么 OMEGA-3。也不即刻见效，没有结果，不过各种鲨鱼油丸出现了。但是又有人说，鱼油没用，鱼骨才是真正能治病的，大家又去吃鱼骨丸了。

忽然，灵芝像是仙药，众人纷纷吃灵芝丸。也有人说灵芝不灵，云芝才灵，又去抢购云芝。但是，据研究，灵芝、云芝，只是菇菌类而已，和冬菇、草菇没什么分别，精华在其胞胎破壁后的分子，又不买灵芝、云芝了。

最后，有人说，要是你身体内的毒素不清除的话，吃什么药丸都无效，结果发明的又是一颗丸，叫清毒丸。

我们的药丸，越吃越多。降高血压的、治糖尿病的、医前列腺的、补肝补肾的、防癌的、抗衰老的，一吞数十粒，有的药个头很大，肥肥肿肿的，不必吃饭，药已饱肚。

自己吃了，就逼儿女吃，小时候被父母捉灌那又腥又臭的鱼肝油，还有一种叫散纳吐精的补脑粉，臭虫味，记忆犹新。

减肥丸、灵芝丸之前，已经有维生素，当年父母给我们吃维生素 A、维生素 B、维生素 C、维生素 D、维生素 E。最后，我们要求维生素 M，代表了零用钱，功效最清楚，有了即刻的快乐。

最佳礼物

送礼物，一定要送到节骨眼儿去。所谓的花心思，就是这么一回事儿了。

父母一有能力，儿女们要些什么就送什么，变成理所当然，就不觉稀奇，下一代一发脾气就说："你们永远不陪我，只懂得送礼物！"

情人互相送礼，女方一收习惯了，大多数会说："不如折现。"

男的一被宠坏："我的灵魂，是不能被收买的！"

送上司的礼物，对方弄不清楚是谁送的，若石沉大海，当你问起，他说："谢谢你的餐具。"

其实，你送的是水晶摆设。

许多人都喜欢送花，收到了当然高兴，不管是女的或男的。三天之后，花谢了，好意也跟着枯竭，不管是女的或男的。

有时遇到小朋友们的生日，我多数会向他们说："要些什么，我买给你。这样比较好。"

对方一客气，我就记不得。

到目前为止，我认为最有心机的礼物，是一位友人送给她儿子的。

每年，做母亲的都会替他拍一张照片。看过苏美璐画展之后，很欣赏她的艺术，就与她商量，是不是可以把那十八张照片画成肖像？苏美璐也觉得这个主意很有意思，就答应了。

那十八幅画已经寄来，想将它裱成一本插页，因为苏美璐画的是水彩，很多地方都不会装裱，我拿到“文联庄”去，李先生说没有问题，在生日的前一天，已裱好。

我想，做儿子的，一生人也会感谢。

越不合时宜，越快乐

人生到了某个阶段，想把学到的东西教给别人，叫收徒弟。

中国人收徒弟，有什么正式礼仪？当年拜冯康侯先生为书法和篆刻的老师，他老人家只是笑笑，第二天就上课了。

日本人办事严肃，徒弟要送先生很隆重的礼。从前的父母千方百计把子女送到事业有成的人家，比上什么大学都好。艺学到了，一生受用不尽。做徒弟的任劳任怨，有时还受毒打，也不吭声。

当今的社会，再也不流行收徒弟这回事，人与人之间已失去了尊敬，没什么师徒可言，而且一切都要讲缘分。要找一个好的先生不容易，老师要收一个好学生，更难。怪不得连金庸作品中的南海鳄神，见段誉是个可造之材，也拼命要收他。昨天和倪匡兄聊起，他说能收徒弟，也是一件欢悦的事，我一定要收徒儿，越不合时宜越快乐。

“但是，”他说，“要收，就收女的。”

“为什么要收女的？男的不行吗？”

“你看孔子，收了那么多个男的，也没觉得特别。”他说，“写《随园诗话》的袁枚不同，他专收女的，一收就三百个。”

“三百个？收到几时？”

“从现在开始，一年收三十个，十年就三百个了。”他说。

“男女兼收，可以快一点。”

“还是专收女弟子好，千万别收契女（粤语，即义女、干女儿），契女听起来暧昧。”

“也有点道理。”我说。

“收完了，可以刻一个图章，叫多一个。”

“多一个？”

倪匡兄大笑四声：“收足三百零一个，比袁枚多一个，才过瘾。”

想想，也是过瘾。和倪匡兄聊天，更过瘾。

美好的人生，喜闻乐见

早前到北京，顺便做一个电视节目，但主要目的，还是去北京大学向学生们演讲。

到过剑桥、牛津、耶鲁、哥伦比亚和海德堡大学，就是没去过北大。人生第一回，也是很刺激的。

同事们带我在大学中走一圈，看到了未名湖和那个供水塔。校园内桃花开遍，全树花，一点叶也没有，粉红得灿烂。

建筑物不统一，这一栋那一栋，老的新的，杂乱无章，是没规划，也把传统的部分拆除建新之故吧。

礼堂是金庸先生讲过的，我在同一个地方沾上一点光，有点喜悦。

挤满了年轻人，我主动地请在门外的同学走进走廊中坐下，说别那么严肃，当成朋友交谈。

我一向不会准备好讲词，开场白说了一段简短的什么光荣之至的客气话，就请同学们发问。这个方法最好，反正是同学最喜欢听的话题，好过自己决定。

“尽管问好了。”我说。

最初的问题很长，同学们手上拿着笔记，自己发表了一些言论之后说：“有三个问题，第一……第二……第三……”

我最怕这种问法，第一个还记得，谈到一半，第二、第三个都忘记了，还是请他们再问一次，耐心地从头答到尾，大家很满意。

接近尾声，我要求问题越短越好，我的答案也尽量精简，像球一样，抛来抛去，搞得气氛非常热烈。

北大演讲，旁人有点忌讳，我谈的都是怎么把生活素质提高，符合走向小康的原则，话题又集中在美好的人生，大家高兴。

越讲越放肆，拿出烟来抽，同学们先说不介意，最后干脆从和尚袋中找到二两装的酒喝，得到的掌声最大。

心态好，穷日子也容易过

每次去欧洲总是匆匆忙忙，时间不足，到处跑个不停，认为老远地走一趟，非弄个够本不可。

有时也不是自己愿意的，亲朋好友一起去，大家想逛些什么就跟大队。名店街当然逛，还有那些所谓米其林三星餐厅，东西虽然不错，但环境不让你吃个舒畅。

这回是一个人静悄悄前往，一向住惯的酒店爆满，也无所谓，在附近找到一家小的，很干净，五脏俱全，除了没有烧热水的壶，沏红茶不太方便而已。

探望友人，在家里陪他聊天，不太出门，反正所有值得去的博物馆、美术院都去过了，清清静静谈了一个下午，也比到处走好。

过当地人的日常生活，从树下捡到一堆堆的核桃，现在刚成熟，剥开一看，那层衣还是白色的，一咬进口，那股牛奶般的液体又香又甜，这种天下美味，相信很少人会慢慢欣赏。吃了之后，看到那些普通的核桃，再也不会伸手去剥了。

桃子刚过，李子出现，欧洲也种李子，又绿又难看，若非友人介绍，真的不会去碰。原来这种李子是越绿越甜的，起初还怀疑，吃了才怪自己多心。

现在也是各种野草莓当造（粤语，指吃草莓的时节）的季节，用纸折成一只小船当容器，一只只充满小果实，红的、绿的、紫的，以为很酸，哪知很甜。

各种芝士吃个不停，面包的变化也多。

什么？你只吃面包和芝士过日子？友人不相信。

你怎么想是你的事，这几天的确是这么过了，但是有点偷鸡（粤语，指偷懒），要灌红酒才行。酒又是那种比水还便宜的，喝起来不逊于名牌。

欧洲照样有负资产，也有大把人失业，但他们的穷日子，好像比东方人容易过一点。

会玩时间的人，能享受非一般的乐趣

好玩的事物太多了。

抽象的东西也好玩，比如时间。

时间只是人类的一个观念，虽然定为一天二十四个小时，但像爱因斯坦所说，上课以及和女朋友谈天，长短不同。

玩时间玩得最好的是香港人。

香港人每一个都忙，但是，要抽时间的话，香港人最拿手，不管多忙，总会挤点出来做自己要做的事。香港人决定自己不忙，就不忙了。

尤其有“97”这个大前提，香港人的步伐已经是世界第一，从前在东京，觉得日本人走路快，后来去了纽约，发现他们更快。

但现在日本经济已发展到停顿的地步，一富有便懒了起来，东京人走路慢过香港，纽约更别说，早在二十世纪七十年代，经济衰退，步伐已经蹒跚。

香港人有两份以上的工作的不少，外国游客跳上车，听到司机说早上做警察，晚间当的士司机，吓了一跳，几乎不相信自己的耳朵，但事实如此。

外国人不明白的是我们大多数没有社会保险、医疗费以及退休金的制度，我们的税收虽然低，但遇到任何事，都自行解决，谁都不会来帮助你。

所以香港人要争取时间，多做点事，多存些储蓄，以防万一。我们自己买自己的保险，自顾安危，包括赚了钱移民，先拿到张居留证再回来做事，也是一种保险。

香港的失业率是一两个百分点，那一两个百分点，不是没事做，而是不想做罢了。这种社会现象，我们不当它一回事，但是如果你讲给外边的朋友听，他们一定惊讶。

就算不是争取时间来做第二份工作，也要争取时间来休息，来玩，来享受。

实际上如何玩时间呢？

很简单，睡得少一点就是。

大家都说我们需要八个小时的睡眠。放屁！这都是医学界的理论而已，我本人长年来每天最多睡六个钟头，也不见得长得像个痨病鬼。

每天赚两个小时，一个月就是六十个钟头，等于多活两天半，每年多人家三十天，多好！

除此之外，一个星期熬一两个通宵，也不应该有什么问题。当然熬通宵也有学问，六点放工，七点吃完饭，先睡到半夜十二点，也有足够的五小时，由十二点做自己喜欢的事，做到天亮，多六个钟头。

这时候，看着窗外天色的变化，先是有点红色，红中带灰，又转为白。远山是紫颜色的，啊！为什么从前没有注意过有紫色的山？

清晨的空气是寒冷的，但是舒服到极点，意想不到的清新，呼唤着你出门。

穿上衣服去散步，到公园去练太极剑，或者，就那么拿一本书坐在树下看，都是乐趣。

话说回来，这种乐趣需要出来做事后才懂得享受，当学生时被迫一早起身上课，一点也不好玩。

到街市去买菜，走金鱼街看打架鱼，雀仔街买鸟，买活蟋蟀给鸟吃。太残忍了，买花去吧。

早晨的世界，是另外一个世界。

由寂静中听到车辆行动的声音，偶尔来些鸟啼，有时还听到公鸡在叫哩。

生活在早晨的世界的又是另一种人类，他们面孔安详，余裕令他们的表情无忧无虑，他们是健康的、活泼的。

相反，深夜的世界又是另一个世界。大家是那么的颓废、萎靡，但又能看出享受的满足感。

这两种人，都是过着单调、刻板、所谓“正常”生活的人感到陌生的。早起、迟睡、赶通宵一多了，人就容易疲倦，这也是必然的，克服的办法是英文中的“猫睡”，像猫一样随时随地打瞌睡。

只要你睡眠不足，便会锻炼出这种身体功能。尽管利用时间睡觉，一上车就闭上眼睛，像把插头由电源里拔掉，昏昏大睡，目的地到达，即刻会自动地醒来，又像是把插头插回去，活生生的，眼也不肿。

中午吃完饭，也能坐在椅子上入睡，算好开工时间，有半小时就半小时，五分钟也不拘。

会玩时间的人不懂得同情失眠的！失眠就失眠，不能睡就让他不睡。

看你不睡个三四天，自然闭上眼睛。长期下来，学会猫睡也说不定。

不花时间在睡觉上的人多数是健康的，他们已经把睡眠当成一种福分、一种享受，哪里还有精神去做噩梦？镇静剂、安眠药、大麻、酒精，等等，一点用处也没有。

消夜是最大的敌人，尽量避免，否则多想熬夜也熬不住。一定要吃，就喝点汤吧。随时把汤料扔进一个慢热煲，准备一碗广东汤，享之不尽。

咖啡可免则免，咖啡只能产生胃酸，说到提神，茶最好，中茶洋茶，香片、龙井，什么茶都不要紧，但上选还是普洱，再多也不伤胃。

早餐倒是重要的，懂得玩时间的人总能抽空为自己准备一顿丰盛的早餐，再不然，找不同东西吃也是乐趣。今天吃粥，明朝吃面，吃点心、吃街边的猪肠粉，卖豆浆油条的店铺，用心找一定找得到，再来一屉小笼包，或再来碗油豆腐粉丝，总之要吃得饱，吃得饱才有体力支持，早晨吃饱和消夜相反，只会精神，不会打瞌睡。

玩时间玩成专家，可以做的事太多了，说不定其中有几样是生财之道。不过最重要的是学会在床上的时候把时间拉得长一点，一下子就完蛋的话，专家也给人家骂。

看开一点就没事

“别吃那么多肥腻的东西！”

“喝酒会伤身的！”

“抽烟危害健康！”

“减少吃咸的！”

忽然之间，你身边的人，男男女女老老少少，都变成医生了。

再也不能愉愉快快吃一顿饱，举筷之前，总有“医生”嘱咐。

再也不能痛痛快快喝一回酒，倒酒之前，总有“医生”叮咛。

再也不能舒舒服服抽一支烟，点火之前，总有“医生”劝告。

当然，都出自好意，我知道，谢谢各位的关心。但是既然扮起医生的角色，就要有一点医学常识，不能道听途说。

吃肥腻的东西？两个鸡蛋的胆固醇已高过半碗猪油，自己拼命吃蛋而劝人家别吃回锅肉，就要自己注意了。

喝酒会伤身？西医却叫病人临睡之前来杯白兰地，其实也不必他们来教，法国人早已告诉了你。

抽烟有害健康？因人而定。我老爸一直抽到九十岁做仙人去，我想他还在继续吞云吐雾吧。

人体之中有一个自然的刹车掣，不舒服了，自然停止。我近来酒少喝了，就是这个原因，已经不是一个小孩子，懂得自制。

要扮医生的话，请扮心理医生，用音乐来治疗，用绘画来诊断。

耳根清净，更是治疗病痛的最高境界。劝喻病人，最好带点禅气。

活得不快乐，长寿有什么意思？还是看开一点就没有事，我常扮专家告诉我身边的友人，不知不觉，也成了“医生”。

第四章

吃好喝好，就是功德圆满

一桌家常菜，体会平凡生活的美好

在我的电视节目中，介绍过不少餐厅，贵的也有，便宜的也有，但都美味。

“你试过那么多，哪一间最好？”女主持问。“最好，”我说，“当然是妈妈烧的。”所以在最后一集的《蔡澜品味》中，我将访问四个家庭，让主妇为我们做几个家常菜，给不入厨的未婚女子做做参考，以这些数据，学习照顾她们的下一代。即使有家政助理，偶尔自己烧一烧，也会得到丈夫的赞许。

我们会去上海友人的家，他妈妈将示范最基本、最传统的上海小菜：烤麸。烤麸看起来容易，其实大有学问。扮相极为重要，第一眼要是看到那些麸是刀切的，一定不及格。烤麸的麸，非手掰不可。葱烤鲫鱼也是媳妇的招牌菜，由怎么选葱开始教起。如果鲫鱼有春当然更好，但无子时也能做出佳肴。可以热吃，也可以从冰箱拿出来，吃鲫鱼汁冻，甚为美味。

友人的妈妈说有朋自远方来，不可只吃这些小菜，要另外表演红烧元蹄、虾脑豆腐和甜品酒酿丸子，当然乐意。

福建家庭做的，当然有他们的拿手好戏：包薄饼。可不能小看，至少得两三天准备，把蔬菜炒了又炒。各种配料，当中不能缺少的是虎苔，那是一种味道极为鲜美的紫菜。除了做法，还得教吃法。最古老的，是包薄饼时留下一个口，把蔬菜中的汤汁倒入。这一点，鲜为人知。吃完薄饼，在传统上得配白粥。

从白粥到潮州家庭的糜，和各类配糜的小菜。潮州人认为咸酸菜和韩国人的金渍一样重要。

又买虾毛回来，以盐水煮熟，成为鱼饭。做到兴起，来一道蚝烙，此菜家家制法不同，友人母亲做的是不下蛋的。我要求做最爱吃的拜神肉，那是用一大块五花腩切成大条，再用高汤煮熟，待冷后，切成薄片，拿去煎蒜茸。煎得略焦，是无上的美味。友人妈妈更不罢休，最后教我们怎么做猪肠灌糯米。

广东人的家庭，最典型的菜是煲汤了。煲汤也不是把各种材料扔进大锅那么简单，要有程序；如何观察火候，也是秘诀。煲给未来女婿喝，不可马虎。最家常的有蒸鲩鱼和蒸咸鱼肉饼，等等，最后炒个菜，看市场当天有什么最新鲜的就炒什么，方便快速为基本，都是在餐厅中吃不到的美味。“除了妈妈做的菜，还有什么？”女主持又问。“当然，是和朋友一齐吃的。”我回答。

很多人还以为我只会吃，不会煮，那就趁机表演一下。在最后一个环节，我将请那群女主持按照我的家庭菜逐味去做。

天冷，芥蓝最肥，买新界种的粗大芥蓝切后备用。另一边厢，用带肉的排骨，请肉贩斩件，汆水。烧锅至红，下猪油和整粒的大蒜瓣数十颗，把排骨爆香，随即捞起放入锅中，加水便煮。炆二十分钟后下大芥蓝和一大汤匙的普宁豆酱，再炆十分钟，一大锅的蒜香炆排骨就能上场。白灼牛肉。选上等牛肉，片成薄片。一大锅水，待沸，下日本酱油。日本酱油滚后才不会变酸，又下大量南姜茸，可在潮州杂货店买到，南姜茸和牛肉的配搭最佳。汤一滚，就把牛肉扔进去，这时即刻把肉捞起。等汤再滚，下豆芽。第三次滚时，又把刚才灼好的牛肉放进去，即成。生腌咸蟹，这道菜我母亲最拿手，把膏蟹养数日，待内脏清除，并洗干净，切块，放在盐水、豉油和鱼露中泡大蒜、辣椒半天，即可吃。吃前把糖花生条舂碎，撒上，再淋大量白米醋，加芫荽，味道不可抗拒。猪油渣炒肉丁，加辣椒酱、柱侯酱，如果找到仁稔一齐炒，更妙。咸鱼酱蒸豆腐。番薯叶灼后，淋上猪油。五花腩片，用台湾甜榨菜片加流浮山虾酱和辣椒丝去蒸，不会失败。

苦瓜炒豆豉，用生切苦瓜和灼得半熟的苦瓜去炒豆豉。开两罐罐头，默林牌的扣肉和油焖笋炒在一起，简单方便。酒煮 kinki（喜知次鱼）鱼，一面煮一面吃，见熟就吃，不逊蒸鱼。瓜仔鸡锅，这是从台湾酒家学到的菜，买一罐腌制的脆瓜，和汆水的鸡块一齐煮，煮得越久越出味。来一道西餐做法，把大蛏子，洋人称为剃刀蛏，用牛油爆香蒜茸，大锅中放入蛏子，注入半瓶白酒，上锅蒸煽一会儿，离火用力摇匀，撒上西洋芫荽碎，即成。

又做三道汤，分餐前，吃到一半，以及最后喝：第一道简单地用千公鱼仔和大蒜瓣煮个十分钟，下大量空心菜。第二道炖干贝和萝卜。第三道是鱼虾蟹加在一起滚大芥菜和豆腐，加肉片、生姜。

一共十五道家常菜，转眼间完成，可当教材。

好吃的水果们

我对水果的定义，是非甜不可，如果要吃酸的，我宁愿去啃柠檬。

什么水果一定是甜的呢？马上入脑的是水果之王榴梿，它的糖分应该是果中最高的吧。

至于果后山竹，就有时酸有时甜了，从外表很难看出，只有种植的人知道哪一棵树长出来的甜，水果树中也分贵族和平民。

木瓜有甜和不甜的，绝不会酸。橙也是有酸有甜，和苹果一样。最甜的橙，样子奇丑，可以说越丑的越甜。墨西哥红橙、泰国绿橙，都甜。苹果酸起来真是要命，那品种是给人用来做苹果派的，不能生啃。但最甜的苹果也不能采下来就吃，有些要存上几星期至一两个月，待糖分氧化后才美味。日本人干脆把蜜糖注射进苹果，包甜。

对于这些有酸有甜的水果，你要是问小贩："甜吗？"

"甜！"他们肯定这样回答。

结果，上当居多，明明知道这是天下最愚蠢的问题之一，但是很奇怪，下次遇到，又会再问。

最后，大家都去买日本水果，因为质量有保证。在九州岛生产的杧果，一颗要几百块港币，都照掏腰包。其实有多少人吃得出那是日本杧果？中国台湾也产同样的，还给日本果商拿去鱼目混珠，卖给同胞呢。

最搞不懂的是日本樱桃，用精美的木盒装着，表面有片玻璃。数它一数，不过三四十颗，竟然要卖到三万日元，现在兑换率约是 0.085，合两千五百五十多块港币。也有笨蛋买了，送我一颗，一口咬下，是酸的。

同样价钱可以买到十盒澳洲塔斯尼米亚产的樱桃，又肥又大，一盒上百颗，甜得要命，但要选黑魔鬼牌子的才好，其他也有的很酸。

澳洲在地球下面，与中国香港的四季相反，所以香港人有福了，在没水果的季节里，我们可以在冬天吃到荔枝、龙眼，听说他们正在研究榴梿，好像还没成功。

现在马来西亚的榴梿树也变种了，一年从头到尾都有的吃，只是不香而已。又据说已经接了枝，榴梿树都长得很矮，再也不会从高处掉下。马来西亚种的树上熟而落地的，与泰国摘取的不同。

澳洲也有包甜的水果，那就是广东人叫的“番鬼仔荔枝”，潮州人称为“林檎”，英文名字是 custard apple，它长得又肥又大，像颗小柚子，最甜不过，也是我最喜欢的水果之一。从前泰国种的比马来西亚种的大，但与澳洲的一比，又是小巫见大巫，现在连泰国人也要把澳洲种移植过去，种出更大的了。中国台湾人把它拿去和菠萝混种，长出更大更绿的，称为“释迦”，因为和佛祖的头发一样。

南洋有种水果，一味是酸，干脆取个 soursop 名字，中国人称它为“红毛榴梿”。身长幼刺，绿皮，形状似杧果，长得比杧果大五倍左右，切开，肉白，内有黑核。很奇怪，这种水果后来也长出甜的来。

像火龙果，越南出的皮红得发紫，肉灰白，有细核，但不甜不酸，毫无味道。变种后，果肉和皮一样红了起来，带了一点糖分。但是来自哥伦比亚的火龙果，黄皮，肉甜得漏油，也是我喜爱的。香港人真幸福，还能吃到南美水果呢。

奇异果的老祖宗来自中国，有点难以置信。现在在新西兰开花结果，全国皆种，新西兰人更自豪到称自己为奇异人（Kiwis）。初尝此果，酸到五官都皱在一起，数十年都不敢去碰，后来变种，长出黄金色皮的，多次被劝，才试了一口，果然甜似蜜。

欧洲的水果都偏酸，只有梨比较可靠，不会上当。吃自助早餐时，水果部分的选择，我一定挑西洋梨。西洋梨在东洋发扬光大，日本山形县出的更香更甜，用的是法国种，为了纪念祖先，称之为 La France。

任何水果，一来自日本，就是贵、贵、贵。我反对违反大自然地把西瓜变方、变成人面、变成金字塔形，但在宣传上是得到其功效的。温室种植无可厚非，从前日本的越后是个被风雪冰封的不毛之地，现在有了温室，种出多种甜蜜的水果来，养活不少人。

在冬天是没有水果的，日本果农团结起来，在夏天不种草莓，到了天寒才在温室中培养，让大家可以吃到又肥又甜的，这点可以赞许。

至于粉红又大如孩子脸的富士苹果，市面看到的，也多数是由内地供应。最初样子像，但味不佳，如今已改良得和日本的一样。其他品种的水果，也都在内地大量种植，有钱赚为何不赚？地多的是。

苏美璐的女儿阿明来港时，我最喜欢买砂糖橘给她吃。这种貌不惊人的小果实，吃起来名副其实，砂糖一般甜。近来在街市上走，已经满街是砂糖橘，十块港币四磅，扔下二十大洋，一大包抬回家。一吃，什么叫砂糖？酸死人也。那是大量种植的后果，又不知道施了什么乱七八糟的农药，搞出个变形怪物来。

“为什么砂糖橘不甜？”我问小贩。

她笑着说：“只有广东四会来的砂糖橘才甜，现在的也不知是不是北方的原野种的，当然不甜啦。”

把食物做熟的最好方法就是白灼

把生的食物变成熟的，最好的方法莫过于白灼了。

原汁原味，灼完的汤又可口，何乐不为?

但是过于血淋淋，猪内脏之类，不能吃半生不熟的；过熟的话，肉质变老了，像嚼发泡胶，暴殄天物。

要灼得刚好，实在要多年的下厨经验才能做到。

有一个简单的方法可以试试，那就是锅子要大，滚了一锅水，下点油盐，把肉切成薄片后扔进去。水被冷的肉类冲激，就不滚了。这时，用个铁网以勺子把肉捞起，等待水再次滚了，又把肉扔进去，即刻熄火。余热会把肉弄得刚刚够熟，是完美的白灼。

有很多地道的小吃都是以白灼为主，像福建的街边档，一格格的格子中摆着已经准备好的猪肝、猪心、猪腳煲等。客人要一碗面的话，在另一个炉中煮熟，再将上述食料灼它一灼，半熟状铺在面上，最后淋上最滚最热的汤，即成，这碗猪杂面，天下美味。

香港的云吞面档有时也卖白灼牛肉，但可惜牛肉都经过苏打粉腌泡，灼出来的东西虽然软熟，但也没什么牛肉味可言。

怀念的是避风塘当年的白灼粉肠。粉肠是猪杂中最难处理的，要将它灼得刚刚好只有艇上的小贩才做得到。灼后淋上熟油和生抽，那种美味自从避风塘消失后就没尝过。

其实任何食物都可以用白灼来做，总比炸的和烤的简单，如果时间无法控制的话，选猪颈肉好了，它过老了也不会硬的。

一般人都以为蚝油和白灼是最佳拍档，但我认为蚝油最破坏白灼的精神，把食物千篇一律化。要加蚝油的话，不如舀一汤匙凝固后的猪油，看着那团白色的东西在灼熟的菜肉上慢慢溶化。此时香味扑鼻，连吞白饭三大碗，面不改色。

最原始的烹调方式，年轻人的最爱

年轻人对烧烤乐此不疲，夏日冬天都在野外麇集，把各种肉类烧得半生不熟吞进肚，自己的血液又被蚊子昆虫吸掉，其乐融融。

人类学会烹调，烧烤是第一课，最为原始。有什么把食物用火烧烤一下那么简单呢？厨艺进化了，我们才发现原来有盐焗、泥煨、炖、焖、煨、烩、扒、汆、涮、熬、锅、酱、浸、炸、烹、熘、炒、爆、煎、贴、煽、拔丝、琉璃、腊凉、挂霜、拌、炝和腌那么多花样，为什么我们还要回到烧烤呢？

西方人的厨艺就简单得多了，就算让他们把分子料理算进去，也不过是烤、煽、煎、炸罢了。他们甚少把蔬菜拿去炒，要到近年来才知什么叫 wok-fried（油炸）。至于蒸，更是再学数百年也赶不上广东人，所以就非常注重烧烤了。

烧牛扒、猪扒、羊扒我能了解。但有个传统，要烧软糖。你可以在《花生漫画》中看到，史努比和胡士托都爱用树枝插几粒软糖烧烤。软糖这种东西，本来就不好吃，烧起来即焦，缩成一团，味道更是古怪，但这是烧烤派对必备的，也解释了为什么我对烧烤不感兴趣。

食物到了日本，宁愿吃生的，对烧烤，他们称为“落人烧”。落人就是失败的人，源氏和平家打仗，后者输了，跑进深山躲避，没有烹调用具，只有以最原始的方法烧制，是日本人最初的烧烤。到了中东，有烤肉串和挂炉的各种进一步的烧法。来到中国人手里，就涂上了酱，用铁叉将乳猪放在炭上烤。后来还发展到明火烤、暗火烤等热辐射方式，更有低温一百摄氏度以下烤制食物，称为“烘”；或在二百摄氏度以上的高温，叫作“烘烤”。最高境界，莫过于广东人的叉烧，任何吃猪肉的民族吃了都会跷起拇指称好。

烧烤炉上的肉，并不必用到最新鲜柔软的，因为那么烧，也吃不出肉质的好坏。肉多数是腌制过，加甜加蒜和各种酱料，就能把劣质或冰冻已久的肉烧得香喷喷。

举个例子，像韩国人吃的肉，烧烤居多。最初是用一个龟背的铜器，四周有道槽，把腌制过的牛肉就那么在龟背锅一放，不去动它，让烧熟的肉汁流进槽中，用根扁平的汤匙舀起来淋在饭上，送肉来吃。韩国人生活素质提高后，就发明了一个平底的火炉，把上等肉切成一小片一小片往上摆着烧，这么吃虽然比大块牛扒文明，但到底没经腌制，味道反而没有便宜肉好。

日本经济起飞后，就流行起所谓的“炉端烧”，其实就是一种变相的烧烤，比从前的“落人烧”高级得多。“炉端烧”什么都烧，肉、鱼、蔬菜、饭团，用料要多高级有多高级。由一个跪着的大师傅烧好后，放在一根大木板匙上，送到客人面前。“炉端烧”没什么大道理，只讲究师傅的跪功，年轻的跪不到十五分钟就要换人。

“烧鸟”是另一种形态，日本人称鸡为鸟，其实烧的是鸡。这种平民化的食物烤起来虽说一样，但有好的大师傅，做出的烧鸟就是不同。温度控制得好，肉就软熟，和那些烤得像发泡胶的有天壤之别。

同样是串烧，南洋人的“沙爹”更有文化，主要是肉切得细，又有特别的酱料腌制，烤起来易熟又容易吃进口。肉太大块的话，水平就低了，东南亚之中，做得最好的是马来西亚的，高级起来，还削尖香茅来当扦，增加香味。蘸的沙爹酱也大有关系，酱不行，就甭吃了。新疆人的羊肉串与沙爹异曲同工，在肉上撒的孜然粉，吃不惯的人会觉得有一股腋下味，爱好的人没有孜然粉不行。

在野外吃烧烤，我最欣赏的是南斯拉夫人做的。他们遇上节日，就宰一头羊，耕作之前堆了一堆稻草，把羊摆在铁架上。铁架的两端安装了风车，随风翻转，稻草的火极细，慢慢烤，烤个一整天。当太阳下山，农夫工作完毕就把羊抬回家，将羊斩成一块块，一手抓羊肉，一手抓整个洋葱，蘸了盐，就那么啃起来，天下美味也。

总之，要原汁原味的话，不能切块，应该整只动物烧。广东人的烧大猪最精彩，先在地上挖个深洞，洞壁铺满砖头，放火把砖烧红，才把猪吊进洞内烧，热量不是由下而上，而是全面包围，这样一来，皮才脆，肉才香。

整只烧烤，还有烤乳牛和烤骆驼。在中东吃过，发觉后者没有什么特别的香味，骆驼肉真不好吃，还是新疆人烤全羊最为精彩。

羊烤得好的话，皮也脆，可以就那么撕下来送酒，有人喜欢吃沾着排骨的肉，说是最柔软；有人爱把羊腿切下，用手抓着大嚼，那种吃法，豪爽多过美味。

我则一向伸手进羊身，在腰部抓出羊腰和旁边的那团肥肉来吃，最香最好吃了。古人所谓的刮了民脂民膏，就是这个部分吧？这次去澳大利亚也照样吃了，年纪一大，消化没年轻时强，吃坏了胃，午睡时做个梦，梦见自己变成一个贪官，被阎罗王抓去拔舌。

有了它，任何食物都变成了佳肴

在餐厅吃东西时，女侍者为我在小碟中倒酱油，我一定会向她说：“多倒一点儿，我吃得又咸又湿。”对方一定笑了。

的确，我吃得很咸，嫌一般菜不够味，必点酱油不可。我的“无酱不欢”指的酱，不是花生酱或XO酱，而是原原始始的酱油的酱，非常咸。其中也包括了同样提供咸味的鱼露，北方人则叫作虾油。

为了证明我的确爱上酱油，你可以到我的厨房看看，一打开柜子，其中至少有数十瓶不同的酱油和鱼露，令人叹为观止。书架上，还有数本《如何制造酱油》的书，有朝一日，移民到充满阳光和橙的加州，就可以自己做起酱油来。

我一向认为做什么菜用什么酱油，不能苟且。海外开中国餐厅，广东菜用广东酱油，北方菜用北方酱油，一定经由厨子的故乡运到，一用不同的，马上变得不像样了。而且，酱油并非贵货，老远运来也花不了几个钱，这也能代表做菜的认真，不可缺少。

我家的酱油，最常用的是新加坡产的“大华”酱油，当地人叫“生抽”为“酱青”，“老抽”为“豆油”，我在新加坡出生，做起家乡菜，我得用那边的酱油了。

另一种爱用的是日本酱油，我在那里生活了八年，多少受影响。从“万”字牌最普通的酱油用起，到点鱼生吃的“溜”酱油，至少有数十瓶。“溜”（Tamari）是壶底酱油的意思，味道带点甜，用来点鱼生。而我做中国菜有时也用日本酱油，主要是日本酱油经过火煮，也不变酸，做红烧肉最为适合。

来了香港，当然蘸香港酱油了，“九龙酱园”的产品，我经常有五六瓶备用。广东人才分“生抽”和“老抽”，其他地方人根本听不懂，只知一种是浓，一种是淡，讲起第一次由豆浆中挤出来的“头抽”，他们听了更摸不着头脑。

当然有很多其他牌子，但是“九龙酱园”是可以代表香港的，它的老抽非常之香浓，而且带有甜味，比日本人的“溜”好得多。至于生抽，也很有水平。

香港的食材，有九成以上靠内地运来，酱油也不例外。来到香港，第一次接触到的内地酱油，就是“草菇酱油”了，它是属于又黑又浓的老抽品种，有没有加草菇可吃不出。带甜，糖是一定下了，我也爱用至今。我吃的酱油并不一定是一味死咸。带甜的，不管是天然由豆中产生，或者加糖，我都不介意，全喜欢。

“甜”这个字，广东人有时作“甘”，这个甘并非一味指甜，像吃苦瓜时吃出的美味，也叫“甘”。名副其实的甘的酱油，我也爱吃。台湾“民生食品工厂”制造的“壶底”酱油，是我餐桌上必备的其中一种，它下了甘草，所以有甘味，一瓶小小的，像 Tabasco（一种辣酱油）那么大，卖得相当贵。有一次我自己用甘草和普通生抽来炮制，也有同一效果，不过酱油能吃多少呢？贵就贵吧，到台湾旅行时就入货，没有断过。最近这公司又出产了一种叫“炭道”的系列，说是用青仁黑豆，经长时间储荫，以特殊酿造方法，取壶底油浓缩之纯正壶底油精云云。说了老半天，还是在酱油中加了甘草和糖罢了。

餐桌上另一小瓶，是越南的鱼露，双鱼牌（Hanh Phuc），有六十巴仙的浓厚，倒出来黏黏的，像糖浆，味道十分强烈，不是一般人受得了的。如果你嫌太腥，那么买泰国的鱼露好了，我也时常用，要认明是“蓝象”（Blue Elephant）牌才好。

香港的鱼露厂已快绝灭了吧？从前有好几种水平都很高，找不到了，仅存的有“厨师牌”鱼露，由李成兴鱼露罐头厂制造，味道属于泰国式的淡，不是越南式的浓。至于潮汕出产的鱼露，担心质量控制得不佳，就没随便去乱买了。

做东南亚菜时，当然用当地酱油，像印度尼西亚炒面，就得去买他们的 ABC 牌子，叫作 Kecap Manis，是种甜酱油。印度尼西亚人最初不会分辨甜酱油和西红柿酱，所以名字上用了茄酱的同音字。印度尼西亚炒面少了它，就没有印度尼西亚味，不好吃了。因为它又甜又浓，价钱又便宜，许多卖海南鸡饭的铺子，都用印度尼西亚酱油来代替新加坡酱油。其实鸡饭酱油是海南人做得最正宗，他们有秘方，不公布。我的海南酱油是新加坡“逸群鸡饭”的老板送的。我们互相欣赏，因为我喜欢，他就给了我一个油桶那么多的酱油，吃到现在还吃不完，真谢谢他。

酱油实在是一个非常有文化的国家的产品，非原始的盐可比。任何难吃的东西，有一点上等的酱油，都变成佳肴。但是，遇到巧手的主妇，根本不用加酱油，像妈妈这一类的人物做的，咸淡适中，酱油都失去了作用，不过现在能尝到不加酱油的菜，少之又少，所以，厨房中还摆着那么多瓶的酱油。

天天能吃到面，也是一种幸福

我已经不记得是什么时候，成为一个面痴。只知从小妈妈叫我吃白饭，我总推三推四；遇到面，我抢，怕被哥哥姐姐们先扫光。“一年三百六十五日，天天给你吃面好不好？”妈妈笑着问。我很严肃地大力点头。

第一次出国，到了吉隆坡，联邦酒店对面的空地是的士站，专坐长程车到金马仑高原，三四个不认识的人可共乘一辆。到了深夜，我看一摊小贩，店名叫“流口水”，服务的士司机。肚子饿了，吃那么一碟，美味至极，从此中“面毒”更深。

有一种叫福建炒面，只在吉隆坡才有，我长大后去福建，也没吃过同样味道的东西。首先，是面条，和一般的黄色油面不同，它比日本乌冬面还要粗，切成四方形的长条。下大量的猪油，一面炒一面撒大地鱼粉末和猪油渣，其香味可想而知，带甜，是淋了浓稠的黑酱油，像海南鸡饭那种。配料只有几小块的鱿鱼和肉片，炒至七成熟，撒一把椰菜、豆芽和猪油渣进去，上锅盖，让料汁炆进面内，打开锅盖，再翻兜几下，一碟黑漆漆、乌油油的福建炒面大功告成。

有了吉隆坡女友之后，去完再去，福建炒面吃完再吃，有一档开在银行后面，有一档在卫星市PJ（吉隆坡最早的卫星市八打灵再也），还有最著名的茨厂街“金莲记”。

最初接触到的云吞面我也喜欢，记得是“大世界游乐场”中由广州来的小贩档，档主、伙计都是一人包办。连工厂也包办。一早用竹升打面，下午用猪骨和大地鱼滚好汤，晚上卖面。宣传部也由他负责，把竹片敲得笃笃作响。

汤和面都很正宗，只是叉烧不同。猪肉完全用瘦的，涂上麦芽糖，烧得只有红色，没有焦黑，因为不带肥，所以烧不出又红又黑的效果来。从此一脉相传，南洋的叉烧面用的叉烧，都又枯又瘦。有些小贩手艺也学得不精，难吃得要命，但这种难吃的味道已成为乡愁，我会专门找来吃。南洋的云吞面已自成一格，我爱吃的是干捞，在空碟上下了黑醋、酱油、西红柿酱、辣酱。面漉好，甩干水分，混在酱料中，上面铺几条南洋天气下长得不肥又不美的菜心，再有几片雪白带红的叉烧。另外奉送一小碗汤，汤中有几粒云吞，包得很小，皮多馅少。致命的引诱，是下了大量的猪油渣和那碟小酱油中的糖醋绿辣椒，有这两样东西，什么料也可以不加，就能连吃三碟，因为面的分量到底不多。

二十世纪六十年代到了日本，他们的经济尚未起飞，民生相当贫困。新宿西口的车站是用木头搭的，走出来，在桥下还有流莺，她们吃的消夜，就是小贩档的拉面。凑上去试一碗，那是什么面？硬邦邦的面条，那碗汤一点肉味也没有，全是酱油和水勾出来的，下很多的味精，但价钱便宜，是最佳选择。

现在大家吃的日本拉面，是数十年精益求精的结果，才有什么猪骨汤、面豉汤底出现，要是现在各位吃了最初的日本拉面，一定会吐出来。

方便面也是那个年代才发明的，但可以说和现在的产品同样美味，才会吃上瘾，或者说是被迫吃上瘾吧！那是当年最便宜最方便的食物，家里是一箱箱地买，一箱二十四包，年轻人胃口大，一个月要吃五六箱。什么？全吃方便面？一点也不错，薪水一发，就请客去，来访的友人都不知日本物价贵，一餐往往要吃掉我十分之八九的收入，剩下的，就是交通费和方便面了。

最原始的方便面，除了那包味精粉，还有用透明塑料纸包着两片竹笋干，比现在什么料都不加的豪华，记得也不必煮，泡滚水就行。医生劝告味精吃得太多对身体有害，也有三姑六婆传说方便面外有一层蜡，吃多了会积一团在肚子里面。完全是胡说八道，方便面是恩物，我吃了几十年，还是好好活着。

到韩国旅行，他们的面用杂粮制出，又硬又韧。人生第一次吃到一大汤碗的冷面，上面还浮着几块冰，侍者用剪刀剪断，才吞得进去。但这种面也能吃上瘾，尤其是干捞，混了又辣又香又甜的酱料进去，百食不厌，至今还很喜欢，也制成了方便面，常买来吃。至于那种叫“辛”的即食汤面，我就远离，虽然能吃辣，但就不能喝辣汤，一喝喉咙就红肿，拼命咳嗽起来。

现在韩国作为国食的炸酱面，那是山东移民的专长，即叫即拉。走进餐馆，一叫面就会听到砰砰的拉面声，什么料也没有，只有一团黑漆漆的酱，加上几片洋葱，吃呀吃呀，变成韩国人最喜欢的东西，一出国，最想吃的就是这碗炸酱面，和香港人怀念云吞面一样。

说起来又记起一段小插曲，我们一群朋友，有一个画家，小学时摔断了一只胳臂，他是一个孤儿，爱上另一个华侨的女儿，我们替他去向女友的父亲做媒，那家伙说我女儿要嫁的是一个会拉面的人，我们大怒，说你明明知道我们这个朋友是独臂的，还能拉什么面？气得我们说要打人，那个父亲逃之夭夭。去了欧洲，才知道意大利人是那么爱吃面的，但不叫面，叫粉。你是什么人，就吃什么东西；意大利人虽然吃面，但跟我们的完全不同，他们一开始就把面和米煮得半生不熟，据说那是最有“齿感”或“咬头”的，我一点也不赞成。唯一能接受的是“天使的头发”（Capflli D'angelo），它和云吞面异曲同工。后来，在意大利住久了，也能欣赏他们的粗面，所谓的意粉。

意粉要做得好吃不易，通常照纸上印的说明，再加一两分钟就能完美。意大利有一种地中海虾，头冷冻得变成黑色，肉有点发霉。但别小看这种虾，用几尾来拌意粉，是天下美味。其他的虾不行。用香港虾，即使活生生的，也没那种地中海海水味。谈起来抽象，但试过的人就知道我说些什么了。

也有撒上乌鱼子的意粉，撒上芝士粉的意粉，永远和面本身不融合在一起，芝士是芝士，粉是粉，但有种烹调法，是把像厨师砧板那么大的一块芝士，挖深了，成为一个鼎，把面滙熟后放进去捞拌，才是最好吃的意大利面。

到了前南斯拉夫，找不到面食。后来住久了，才知道有种鸡丝面，和牙签般细，也像牙签那么长，很容易煮熟。滚了汤，撒一把放进去，即成。因为没有云吞面吃，就当它是了，汤很少，面多，慰藉乡愁。去了印度，找小时候爱吃的印度炒面，它下很多西红柿酱和酱油去炒，配料只有些椰菜、煮熟了的番薯块、豆卜和一丁点的羊肉，炒得面条完全断掉，是我喜欢的。但没有找到，原来我吃的那种印度炒面，是移民到南洋的印度人发明的。

在台湾生活的那几年，面吃得最多，当年还有福建遗风，炒的福建面很地道，用的当然是黄色的油面，下很多料，有猪肉片、鱿鱼、生蚝和鸡蛋。炒得半熟，下一大碗汤下去，上盖，炆熟为止，实在美味，吃得不亦乐乎。

本土人做的叫切仔面，所谓切，是漉的意思。切，也可以真切，把猪肺、猪肝、烟熏黑鱼等切片，乱切一通，也叫“黑白切”，撒上姜丝，淋着浓稠的酱油膏当料，非常丰富，是我百吃不厌的。

他们做得最好的当然是“度小月”一派的担仔面，把面漉熟，再一小茶匙一小茶匙地把肉末酱浇上去，至今还保留这个传统，面担一定摆着一缸肉酱，吃时来一粒贡丸或半个卤鸡蛋，面上也加了些芽菜和韭菜，最重要的是酥炸的红葱头，香港人叫干葱，有此物才香。

回到香港定居，也吃上海人做的面，不下鸡蛋，也没有碱水，不香，不弹牙。此种面我认为没味道，只是代替米饭来填肚而已，但上海友人绝不赞同，骂我不懂得欣赏，我当然不在乎。

上海面最好吃的是粗炒，浓油赤酱地炒将起来，下了大量的椰菜，肉很少，但我很喜欢吃，至于他们的煨面，煮得软绵绵，我没什么兴趣。焦头，等于一小碟菜。来一大碗什么味道都没有的汤面，上面淋上菜肴，即成。我也不觉得有什么特别之处。最爱的是葱油拌面，把京葱切段，用油爆焦，就此拌面，什么料都不加，非常好吃。可惜现在到沪菜馆，一叫这种面，问是不是下猪油，对方都摇头。葱油拌面，不用猪油，不如吃发泡胶。也有变通办法，那就是另叫一客红烧蹄膀，捞起猪油，用

来拌面。

香港什么面都有，但泰国的干捞面叫 Ba-Mi Hang，就少见了，我再三提倡这种街边小吃，现在在九龙城也有几家人肯做，用猪油，灼好猪肉碎、猪肝和猪肉丸，撒炸干葱和大蒜茸，下大量猪油渣，其他还有数不清的配料，面条反而是一小撮而已，也是我的至爱。

想吃面想得发疯时，可以自己做，每天早餐都吃不同的面，家务助理被我训练得都可以回老家开面店了。星期一做云吞面，星期二做客家人的茶油拌面，星期三做牛肉面，星期四做炸酱面，星期五做打卤面，星期六做南洋虾面，星期天做蔡家炒面。

蔡家炒面承袭福建炒面的传统，用的是油面，先用猪油爆香大蒜，放面条进锅，乱炸一通，看到面太干，就下上汤煨之，再炒，看干了，打两三个鸡蛋，和面混在一块，这时下腊肠片、鱼饼和虾，再炒，等料熟，下浓稠的黑酱油及鱼露吊味，这时可放豆芽和韭菜，再乱炒，上锅盖，焖它一焖，熄火，即成。

做梦也在吃面。饱得再也撑不进肚，中国人说饱，拍拍肚子；日本人说饱，用手放在颈项；西班牙人说饱，是双手指着耳朵示意已经饱得从双耳流出来。我做的梦，多数是流出面条来。

美好的一天，从一碗米粉开始

除了面，我最爱的就是米粉了。米粉基本上用米浆制作，有种种的形态，不可混淆。很粗的叫米线，也有掺了粟粉的越南米线，称为檬，有点儿像香港人做的濑粉。更细的是台湾米粉，比大陆米粉还要幼细；只有它三分之一粗的，是台湾的新竹县产的米粉。而天下最细的是掺了面粉的面线，比头发粗了一点儿罢了。我们要谈的，集中于大陆米粉和台湾米粉。

米粉制作过程相当繁复，古法是先把优质米洗净后泡数小时，待米粒膨胀并软化，便能放入石磨中用手磨出米浆来。装入布袋，把米浆中的水分压干，就可以拿去蒸了。

只蒸五成熟，取出扭捏成米团，压扁，拉条。只有最熟手的工人可以拉出最幼细的米条，即入开水中煮，再过冷河，以免粉条粘连。最后晒干之前，拆成一撮撮，用筷子夹起，对折平铺在竹筛上，日晒而成。

要做出好的米粉不易，完全靠厂家的经验和信用，产品幼细，在煮熟后也不折断。入口有咬头，太硬或太软都是次货，而颜色带点微黄，要是全为洁洁白白的米粉，那么一定是经过漂白，不知下了什么化学物质，千万别碰。

多年前，还能在“裕华百货”的地下食品部买到新鲜的东莞米粉，拿来煮汤，最为好吃。现在的已多是干货了。菜市场中的面档，也能买到本地制作的新鲜粗米粉，大多数是供应给越南或泰国餐馆做檬的。到了高级一点的杂货店，像九龙城的“新三阳”，就能买到各种干米粉。最多人光顾的是“孔雀牌”东莞米粉和“双雀牌”江门排粉，都属于较粗的大陆米粉，茶餐厅所煮的汤米粉，都用这两个牌子的货，它们易断，味道不是太坏，也并没有惊为天人的感觉。

质地较韧的有“天鹅牌”，它煮熟后不必过冷河，即可进食，米质也较佳，为泰国制造，“超力”总代理。“超力”自己也生产米粉，若嫌麻烦，要吃即食包装的银丝米粉，最有信用。

众多的米粉之中，我最爱吃的是台湾米粉，也有多种选择。大集团“新东阳”生产的，还有“虎牌”的新竹米粉等，因为台湾米粉价格贵，现在大陆在福建也大量生产新竹米粉，只卖五分之一的价钱。

长年的选择和试食之下，发现新竹米粉之中，最好吃的是“双龙牌”，由新华米粉厂制作。

新竹米粉不必煮太久，和煮方便面的时间差不多就能进食，也不必过冷河。家里有剩菜剩汤，翌日加热水，把新竹米粉放进去滚一滚，就是一样很好的早餐。

米粉和肥猪肉的配合极佳，它能吸收油质。买一罐默林牌的红烧扣肉罐头，煮成汤，下米粉，亦简易。下一点功夫，炆只猪脚煮米粉，是台湾人生日必吃的，我也依足这个传统，在那一天煮碗猪脚米粉，为自己庆祝一下。

说到炒，台湾人的炒米粉可以说天下第一了，做法说简单也简单，说难亦难。台湾人娶媳妇，首先叫她炒个米粉判手艺，好坏有天渊之别。配料丰俭由人，最平凡的只是加些豆芽以及卷心菜，台湾叫高丽菜，香港人叫椰菜，就可以炒出素米粉来。豪华的可以用虾米、猪肉、黑木耳、鸡蛋、葱和冬菇等，也不是太贵的食材，切丝后备用。

炒时下猪油，爆香蒜茸。米粉先浸它十分钟，捞起下锅。左手抓镬铲，右手抓筷子，迅速地一面翻炒一面搅，才不至于粘底变焦。太干时，即刻煨浸了虾米的水，当成上汤，炒至半熟，把米粉拨开，留出中间的空位，再下猪油和蒜，爆香上述配料。这时全部混在一起炒，最后下酱油调味，大功告成。

一碟好的炒米粉，吃过毕生难忘。

下些味精，无可厚非，但如果你对它敏感，就可炒南瓜米粉。南瓜带甜，先切成幼丝，炒至半糊，再下米粉混拌。要豪华，加点新鲜蛤蜊肉。台湾南部的人炒南瓜米线，最为拿手。

香港茶餐厅中也有炒米粉这一道菜，但没多少家做得好，九龙城街市三楼熟食档中的“乐园”，炒的米粉材料中有午餐肉、鸡蛋、菜心和肉丝及雪里蕻，非常精彩，我自己不做早餐时就去点来吃。

我们熟悉的星洲炒米，只是下了一些咖喱粉，就冒称南洋食品，其实它已成为香港菜了，有独特的风格。

在星马吃到的炒米粉，多数是海南师傅传下的手艺。先下油，把泡开的米粉煎至半焦，再炒鱿鱼、肉片、虾和豆芽，下点粉把菜汁煮浓，再淋在米粉上面，上桌时等芡汁浸湿了米粉再吃。记忆中，他们用的米粉也很细，不是大陆货，当年又不从新竹进口，南洋应有一些很好的米粉厂供应。

如果你也爱吃米粉，那么试试自己做吧。煮也好，炒也好，失败几次就成为高手。也不一定依足传统，可按照煮面或意大利粉的方法去尝试。米粉只是一种最普遍的食材，能不能成为佳肴，全靠你自己的要求。

米粉颂

一个人的美食，是另一个人的毒药

“逐臭之夫”字典上指“犹言不学好下向之徒”。这与我们要讲的无关，接着解“喻嗜好怪癖异于常人”，就是此篇文章的主旨。你认为是臭的，我觉得很香。外国人人亦言“一个人的美食，是另一个人的毒药”，实在是适者珍之。

最明显的例子就是榴梿了，强烈爱好或特别憎恶，并没有中间路线可走。我们闻到榴梿时喜欢得要命，但报纸上有一段港闻，说有六名意大利人，去旺角花园街，见有群众围着，争先恐后地挤上前，东西没看到，只嗅到一阵毒气，结果六人之中，有五个被榴梿的味道熏得晕倒，此事千真万确，可以寻查。

内地有些省份，家中有个缸，一些吃不完的东西摆进去，发霉后，生出碧绿色的菌毛，长相恐怖，成为美食。

臭豆腐已是我们的国宝，黄的、赤的都不吓人，有些还是漆黑的呢。上面长满像会蠕动的绿苔，发出令人忍受不了的异味，但一经油炸，又是香的了。一般人还嫌炸完味道跑掉，不如蒸的香。杭州有道菜，用的是苋菜的梗，普通苋菜很细，真想不到那种茎会长得像手指般粗，用盐水将它腌得腐烂，皮还是那么硬，但里面的纤维已化为浓浆，吸噬起来，一股臭气攻鼻。用来和臭豆腐一齐蒸，就是名菜“臭味相投”了。

未到北京之前，被老舍先生的著作影响，对豆汁有强烈的憧憬，找到牛街，终于在回民店里喝到。最初只觉一口馊水，后来才吃出香味，怪不得当年有一家名店，叫作“馊半街”。不知者以为豆汁就是大豆磨出来，像豆浆，坏不到哪里去。其实只是绿豆粉加了水，沉淀在缸底的淀粉出现灰色，像海绵的浆，取之发酵后做成的，当然馊。什么叫馊？餐厅里吃剩的汤羹，倒入石油铁桶中，拿去喂猪的那股味道，就是馊了。

南洋有种豆，很臭，干脆就叫臭豆，用马来盏来炒，尚可口。另有一种草有异味，也干脆叫臭草，可以拿来煮绿豆汤，引经据典，原来臭草，又名芸香。

这些臭草臭豆，都比不上“折耳根”，有一次在四川成都吃过，不但臭，而且腥，怪不得又叫“鱼腥草”，但一吃上瘾，从此见到此菜，非点不可。食物就是这样的，一定要大胆尝试，吃过之后，发现又有另一个“宝藏”待你去发掘。

芝士就是这个道理，越爱吃越追求更臭的，牛奶芝士已经不够看，进一步去吃羊芝士，有的臭得要浸在水中才能搬运，有的要霉得生出虫来。洋食物的臭，不遑多让，他们的生火腿就有一股死尸味道，与金华的香气差得远，那是腌制失败形成，但有些人却是要吃这种失败味。其实他们的腌小鱼（anchovy）和我们的咸鱼一样臭，只是自己不觉，还把它们放进沙律酱中搅拌，才有一点味道，不然只吃生菜，太寡了。

日本琵琶湖产的淡水鱼，都用发酵的味噌和酒曲来腌制，叫作“Nuka Tsuke”，也是臭得要死。初试的外国人都掩鼻而逃，我到现在也还没有接受那种气味，但腐烂的大豆做的“纳豆”，倒是很喜欢。

伊豆诸岛独特的小鱼子，用“竹荚鱼”（Muroaji）晒成，是著名的“臭屋”（Kusaya）。闻起来腥腥的，不算什么，但一经烧烤，满室臭味，日本人觉得香，我们受不了。

虾酱、虾膏都有腐烂味，用来蒸五花腩片和榨菜片，不知有多香！南洋还有一种叫“虾头膏”的，是槟城的特产。整罐黑漆漆，如牛皮胶一般浓，小食“啰惹”或“槟城叻沙”，少了它，就做不成了。

“你吃过那么多臭东西，有哪一样是最臭的？”常有友人问我。答案是肯定的，那是韩国人的腌魔鬼鱼，叫作“魟”，生产于祈安村的最为名贵，一条像沙发坐垫一样大的，要卖到七八千港币，而且只有母的才贵，公的便宜，所以野生的一抓到后，即刻斩去生殖器。

传说有些贵族被皇帝放逐到小岛上，不准他们吃肉，每天三餐只是白饭和泡菜，后来他们想出一个办法，抓了魟鱼，埋进木灰里面等它发酵，吃起来就有肉味。后来变成珍品，还拿回皇帝处去进贡呢。腌好的魟鱼上桌，夹着五花腩和老泡菜吃，一塞入口，即刻有阵强烈的阿摩尼亚味，像一万年不洗的厕所，不过像韩国人说的，吃了几次就上瘾。

天下最臭的，魟鱼还是老二，根据调查，第一应该是瑞典人做的鱼罐头，叫作Surströmming。用鲱鱼做原料，生劏后让它发霉，然后入罐。通常罐头要经过高温杀菌，但此罐免了，在铁罐里再次发酵，产生强烈的气味，瑞典人以此夹面包或煮椰菜吃。

罐头上的字句警告，开罐时要严守四点：一、开罐前放进冰箱，让气体下降。二、在家中绝对不能打开，要在室外进行。三、开罐前身上得围着围裙。四、确定风向，不然吹了下去，不习惯此味的人会被熏昏。

有一个家伙不听劝告，在厨房一打开，罐中液体四溅，味道有如十队篮球员一齐除下数月不洗的鞋子，整个家，变成名副其实的“臭屋”。

真是把臭味坚持到了骨子里

去顺德拜访杨金在先生，本来谈完事我要告辞的，但杨先生热情，拿出已订好的菜单，说非吃一顿饭不可，盛意之下，我只好改掉广州的约会。

菜单上写着：一、风味炖响螺。二、银纸蒸鸡。三、西杏凤尾虾。四、七彩烧汁鳝柳。五、鲮鱼球啫啫鲍鱼。六、椒盐酿沙虫。七、银杏百合鲜核桃炒水蛇片。八、瑶柱绿豆扣田鸡。九、南乳芝士椰菜煲。十、甜品：香芋卷饼和淡沙包。

地点在顺峰山庄，由总经理罗福南招呼，他也是顺德饮食协会会长。到达之后，被安排在一个幽静的厅房，隔着玻璃窗，可看到外面的小桥流水。

我吃饭一向不喜欢鲍参翅肚，只爱地道传统，进食环境不拘，服侍周不周到也是其次。和罗经理见了面，和他商量起来。

“响螺太名贵了，可不可以改一个特别一点的汤？”“行。”罗经理说，“不如要芫荽沙虫生蚝鱼头汤吧！”这个汤一听名字已知鲜甜，即刻拍手赞好。

“西杏凤尾虾，变不出什么花样，加了西杏，会不会弄出不伦不类的东西？”我心里那么想，但口中说：“虾吃得多，不如来鲋鱼吧！”“好，改咸鱼塘公炆鲋鱼。”“鲍鱼也贵，弄个普通鲮鱼如何？”“好，就用榄角来清蒸大鲮鱼。”“水蛇片我也不吃了。”“好，改个水鱼吧，是野生的。”

一听到有野生水鱼，不管对方怎么做，总是甜美：“下一道的瑶柱绿豆扣田鸡是怎么一个煮法？”我只是问问，罗经理以为我不吃田鸡，就说：“好，我们来个鲫鱼两味，豉汁蒸头腩和生菜鲫鱼片粥。”

“至于蔬菜，”我说，“我对芝士没有什么信心。”“好。”罗经理说，“改个最普通的顺德生炒菜远（粤语，指郊区菜。因郊区空气清新，水质纯净，种出来的菜较甜美，讨食客欢心，故店家拿来当招牌）！”

“喂，喂，喂。”主人翁杨先生笑着说，“你那么改，把所有的菜都改掉了！”我说：“椒盐酿沙虫和甜品都可以试试看。”“银纸蒸鸡也别改了。”罗经理说，“我们特创的。”

“好。”这次轮到我说好了，“但是可不可以加一道顺德最出名的鱼皮角呢？顺德人每一个都说他的妈妈的鱼皮角做得最好，这是他们最自豪的菜。”“好。”罗经理说，就那么决定下来。

想起从前有一位小朋友拿着石头给我改，我看了他的印章的构图，多余地方甚多，留白之处也不够，就抓了刀，一刀一刀像切豆腐般给他删掉，冯康侯老师修改我的篆刻也是那么一回事儿。身边一位友人看了甚不以为然，觉得不应伤到对方的自尊心。

但是菜馆是不同的，我并非做修改，是与对方共同研究有什么更地道的食物，所以这次也不客气了。到了我这个年纪，吃一餐少一餐，不能对不起自己。总之，抱着诚恳的态度，不会有什么失敬之处。

芫荽沙虫生蚝鱼头汤上桌，果然不出所料，精彩万分。沙虫是种很甜的食材，生蚝够鲜，鱼头骨多，当然甜上加甜。又有芫荽来中和，汤滚得乳白颜色，是大师傅的手艺。用一个比饭碗大两倍的汤碗盛着，一人一碗，众人全部喝光，大声叫好！

广东人一向主张来个老火汤，但汤一煲上两个钟头以上，味太浓，多喝会留在肠胃中。不是每天能进食的东西，偶尔喝喝这种现煮现饮的，是件好事。

榄角清蒸大鲮鱼是永远不会失败的，那尾鲮鱼也难得，来的个巨大，至少有两英尺半（约七十六厘米）长，菜市场中罕见。肚腩部分是全无骨，肉细腻，油又多，加上榄角吊味，这尾鲮鱼又被我们吃得干干净净。

银纸蒸鸡是由污糟鸡改良过来的，里面并没有污糟鸡的黑木耳和腊肠片来吊味，就嫌寡了。改良的是在铁盘上铺了一层银纸，我吃了大失所望，后悔没坚持把这道菜改掉。

鱼塘公炆鲋鱼只要鲋鱼够大够肥，火候猛，这道菜一向很稳阵。

河鲜要是做得好，材料上等的话，不逊海鲜，而且价钱要来得便宜，那尾大鲫鱼分成两味，豉汁蒸的头腩中还有大量的鱼子，每人分一口，将鱼春干掉。

生菜鲫鱼粥是我在顺德吃过印象最深的。他们的师傅个个都有水平，鲫鱼多骨，能将骨头全部切成碎段，也只有顺德人才做得好。

最后的鱼皮角不论口感和滋味都是一流的，但是角边缘叠合处有机械性规则的凹凹凸凸，看了倒胃。罗经理解释：“师傅看到你来，用一个铁模子把饺皮印出来，以为那才好看。”

众人都笑了出来，这点小疵并不影响大局，谢谢主人家杨先生请的这一餐，他在顺德土生土长，近来常尝改良过的顺德菜，也说宁愿吃这种最地道、最传统的。

美食之都的经典八餐

从尖沙咀的中港城码头，乘上澳门制造的水翼船，直奔顺德，船内放映周润发主演的片子，应该是没有版权的海盗版，也有两三间小房，供应客人打麻将，是晕船人的福音，只要集中精神打麻将，风浪多大也不要紧了。

容奇是个港口，因为有容山和奇山而得名，和顺德的大良接连，但自立为镇，感觉上相当于尖沙咀或港澳码头到市中心的距离罢了。下午四时半抵达，已不见太阳。

所谓食在广东，其实是食在顺德，此行目的不是来呼吸新鲜空气，目的在于吃、吃、吃。在当地的朋友半哄半骗下，拉去参加他合伙人的喜宴。好，既来之，则安之，喝杯新抱茶。

大酒店内的宴席，新鲜蔬菜之外，没有什么印象，但那些来敬酒的都是海量，白兰地当水喝。好在顺德的婚宴速战速决，六点半吃到七点半，即刻散会。一个局长醉后大嚷：“洞房的大好日子，为什么要六点半举行，应该改为六点十五分，至少翘他一翘。”顺德人即使是做官的，也有一点幽默感。

饭后不甘心，马上去吃大排档，听顺德人说，没有哪一家最好，间间都有水平。在容奇的夜市，大排档不像其他地方一样集中在一处，而是零零丁丁，这里一档，那里一档。

一试之下，跪地膜拜，味道好得出奇。先来一煲水蛇粥。水蛇切得一节节地捞起当菜，粥中撒上芫荽、葱和生菜丝。再加点胡椒。啊，无比鲜甜！一点儿味精也不放。水蛇肉块骨多，质地硬，没什么吃头。伙计说椒盐水蛇肉才软熟，就再来一碟，果然不错。

但是水蛇肉本身就甜，谈不上手艺，再叫一个鲫鱼粥，大师傅的功力完全地表现出来了，鲫鱼是那么多骨的东西，竟然给他片得一片片的，连细骨也不见，粥与水蛇一样甜美，佩服得五体投地。

吃完在夜市逛，到处都卖月饼，四大块才九元人民币，生意并不好，大家抢购一盒一百多块的香港琼华。

回到下榻的酒店，是“仙泉酒店”的别墅式的房间，宽敞舒服，放下行李后即刻去“仙泉”的芬兰浴室。

布置堂皇，用大理石和君悦酒店中的花纹木料，不逊香港的浴室。浴花们都是外地劳工，顺德人说他们这里是广东最富庶的地方，都不屑做这种工作。但哪会每个女子都有钱？中国人太爱面子，也有可能在其他地方出现顺德浴花吧。

服务水平一流，价钱只是香港的一半。松完骨已是半夜一点多，朋友说再找大排档，来个炒排骨上桌，每块排骨大小一样，骨上包着一层薄肉，看起来像一碟蚕豆，爆得香脆软熟。

炒了个米粉，只配出几片猪肉，其他材料一律不加，在香港哪看得上？但是这里炒得火候够，味上乘，连吞三大碗，多加四五个小菜，

四五瓶珠江啤酒，才七十多块人民币。

倒床即睡，第二天六点，见他人还没起来，自己便赶着去吃出名的双皮炖奶。所谓双皮，是把牛奶滚熟后凝固成皮，倒出剩余的奶汁，让皮留在碗底，另加蛋白和鲜奶再炖后凝固一张新皮在上面。功夫十足，但味道一般。

九点的早餐在仙泉的餐厅吃，经过小庭院时看到一棵松树，由中间剖成两边，只剩下一半单独地生存，真有奇趣。虾饺、烧卖都好吃，牛肉有肉味和弹牙，特别是看到一碟碟的鱼皮，友人说是鲩鱼皮，但看不见格子般的花纹，一问才知是大鱼皮，试过后觉得比鲩鱼皮脆得多。

接着去逛菜市场，看到鲥鱼干，买下等候中餐时叫餐厅用大蒜和酒来蒸。又见另一种鱼皮，原来是生鱼皮，比大鱼皮更脆。

到西山庙，当然不是看什么古迹，这里有出名的姜撞奶，原来把牛奶煮熟后倒入姜汁中，即凝固。搅它一搅，又化成液体，觉得太甜，用白兰地送之，恰好。

大良市中心到处卖名土产“崩砂”，安了一个石字边，写成硼砂，是油炸饼，硬得要命，不应叫“崩砂”，可改为崩牙。

午餐餐厅有个像曼谷的土耳其浴室的金鱼缸，里面养的是名副其实的鸡，任由客人指名点之，和香港鸡一比，的确多出许多鸡味，白灼之后用蚬酱点之，不吃鸡的香港人也抢着扫个清光。

鲥鱼又肥又大，在香港吃不到。还有小鲨鱼，切成一段段，用大蒜头、烧肉等炆煮，味美浓郁，肉滑，一上桌香气扑鼻，令人垂涎欲滴。

上船之前再来一碟云吞捞面，没有澳门做得好，顺德人不大吃面。短短二十四小时，吃了八餐，不虚此行。

找到老饕，才能吃到正宗的台湾菜

到台湾，绝对不能去高级餐厅吃东西，他们的上海菜不像上海菜，广东菜不像广东菜，总之没有一间是正宗的。至于日本料理，更是气死人，台湾朋友以为好大面子地请我去，指着一块粉红色的鱼，大叫："Toro! Toro!"其实那并不是金枪鱼的肚腩部分，是一种旗鱼 Kajiki Maguro 的次等鱼，钓到了，旗鱼飞跃，血倒流，白肉变成粉红色罢了。但是尝试解释给他们听，他们立刻发脾气，说你不识货乱讲!

较像样的还是他们的四川菜，这一点我承认香港一直没有好好发扬，香港说得过去的四川菜馆不多，台湾每间都有点儿水平。湖南菜也不错，福州菜更好，香港根本就吃不到福州菜。

典型的福州菜包有红糟和醋熘。红糟鸡、猪、羊，颜色鲜美，吃进口中，一股酒味，肉松化，是他们至高的文化。如果你不是醉客，那叫他们的醋熘腰子好了。一个腰子切成四大片，整齐地割着花纹，把锅子中的油爆得冒烟时，将猪腰、海蜇皮头、油炸鬼块一齐扔进去，淋上糖醋，即起。腰子入口即化，海蜇头弹牙，油炸鬼吸汁，酸酸甜甜，可吃白饭三大碗。

谈到他们的白饭，是用一个个的小麻绳篓盛着米，隔水蒸熟。侍者把蒸熟白饭的篓子一挤，香喷喷的一团饭倒在你面前的空碗中，包你没吃过那么好的白饭。

喜欢吃面的话，福州海鲜面是一绝，用整只的膏蟹，加虾、鱼片、墨斗、蛏子等八九种海产熬了的汤，变成乳白色。黄颜色的油面煨了一煨上桌，和白饭的水平一样，再次包你没有吃过那么好的面。

但是来到台湾吃什么福州东西？最上乘的当然是光顾地道的台湾餐。你向朋友要求，他们即刻抓头皮，因为他们也没吃过台湾餐。台湾没有台湾餐，那不是开玩笑吗？的的确确，只有“青叶”“梅子”餐厅等台湾小吃，正式的台湾餐，要台湾老饕才能找到。

台湾餐分量很足，一席十个菜，十二个人也吃不完，要是人数少，可叫“半席”，那只有五味。

头盘的冷热荤是在一个大盘中盛着鲍鱼片，这是不经炮制，把罐头鲍鱼切片，就此而已。多春鱼的柳叶鱼是炸的，有十二尾。五香卷用猪肉、猪肝等以腐竹皮包了炸香切片。卤肉，猪的五花腩卤后切片。炸鱼片，当天有什么新鲜鱼就用什么鱼炸成一团团的，蘸日本丘比婴儿牌的沙律酱吃。林林总总的花样中，最惹人注目的是中间摆的响螺肉，响螺先前在台湾很珍贵，几乎吃不到新鲜的，他们的响螺也不似香港的那么巨大，只是像在日本观光地烧着卖的蝾螺（Sazae），拳头般大，弃其肠壳，只有颗栗子那么小的螺肉，装进小罐头中。上桌时，为表示货真价实，整罐罐头放在盘中，还可以看到未完全打开的铁盖上的锯子痕。

接下来的菜很特别，名堂叫不出，台湾基本上是福建菜，汤水特别多。像蒸鲳鱼，潮州是用碟子盛，他们的蒸鲳鱼可以说是“煮鲳鱼”，用咸酸菜、肥猪肉丝、香菇丝、芹菜加红辣椒丝等蒸之，蒸时用了大量的汤，以大碗分盛后上桌。客人除了吃鱼肉和配菜之外，还用汤匙喝汤；酒徒不喜欢吃东西，只喝汤，特别合胃口。

有些菜干脆用整个锅上桌，锅中的东西有点像新界的盘菜，是一层层的。最下面用大粒的蛤蜊铺底，加一层芋头，芋头上铺的是：一层炸过的排骨、一层粉丝、一层白菜、一层猪杂、一层冬菇、一层鱼肉、一层韭菜黄，再一层鸡肉、一层蛋卷，等等，数之不清，整锅东西加了大量上汤炖个数小时，你说味道鲜不鲜甜？

海参的做法是用葱、姜、绍酒把海参发了之后，煮鸡汤、猪肉汤，把肉扔掉，留汤煨之，再将猪肚、猪舌、鸭肝、鸭肫、冬笋等爆后捞起，加莲子、切成小块的猪脑拌后炒之，味道错综复杂，绝非红烧海参或虾子海参那么简单。

上面四种只是副菜，主菜为台湾式的佛跳墙，单单是材料有：一、鱼翅。二、鱼唇。三、刺参。四、干贝。五、鲍鱼。六、鱼肚。七、火腿。八、猪蹄尖。九、猪蹄筋。十、猪肚。十一、羊肘。十二、鸭。十三、鸡。十四、鸡肾。十五、鸡蛋。十六、冬菇。十七、冬笋。十八、红萝卜。十九、酱油。二十、酒。二十一、茴香。二十二、冰糖。二十三、桂皮。二十四、葱白。二十五、姜。二十六、猪油。炮制方法和时间不赘，已知是绝品。

最后有台湾炒面和炒米粉，其实只是这两样，已经饱腹。台湾菜的师傅已经卖少见少，能够享受一次，是福气。

到台湾如果吃不到台湾菜的话，那只好吃街边小吃，包括卤肉饭、排骨饭、牛肉面、苦瓜排骨汤、切仔面、蚝仔面线、烤香肠、杠丸汤、猪血汤、金菇鱿鱼羹、金不换炒羊肉，等等，我的口水已经流个不止……

一次去台湾，为了谈生意，被人家请到来来饭店的沪菜厅。主人客气地问道：“太太呢，怎么不一起来？”我板着脸说：“她去吃大排档，她比我幸福。”

食在重庆，火辣辣

这次在重庆四天，认识了当地电视台节目制作人唐沙波，是位老饕，带我们到各地去吃，真多谢他。这群人是专家，每天要介绍多家餐厅，由他们选出最好的介绍给观众，所制作的节目是《食在中国》，我这篇东西就叫“食在重庆”吧。

到了重庆不吃火锅怎么行？这简直是重庆人生活的一部分，像韩国人吃泡菜，没有了就活不下去。火锅，我们不是天天吃，分不出汤底的好坏，下的食物都大同小异，但重庆人不那么认为，总觉得自己常光顾的小店最好。我们去了集团式经营的“小天鹅”，位于江边的洪崖洞，当地人称为“吊脚楼”的建筑，一共十三层，从顶楼走下去，相当独特。

主人何永智女士亲自来迎，她在全国已有三百多家加盟店。尽管当地人说别的更好，但我总相信烂船也有三斤钉。成功，是有一定道理的。

坐下后，众人纷纷到料架上添自己喜欢的料。像腐乳、芫荽、韭菜泥、葱，等等。我也照办，回桌后，何女士说：“那是给游客添的，我们重庆人吃火锅，点的只是麻油和蒜茸。”

把拿来的那碗酱倒掉，依照她的方法去吃，果然和锅中的麻辣汤配搭得恰好。其实麻辣火锅谈不上什么厨艺，把食材放进去烫熟罢了，但学会了何女士教的食法，今后，吃麻辣火锅时依样画葫芦，也能扮一个火锅专家呀。这一课，上得很有意义。

一面吃，一面问下一餐有什么地方去，已成为我的习惯。早餐，大家吃的是“小面”。一听到面，对路了。下榻的酒店对面就有一家，吃了不觉有什么特别。去到友人介绍的“花市”，门口挂着“重庆小面五十强”的横额，一大早，已挤满客人。

所谓小面，有干的和汤的，我叫了前者，基本上是用该店特制的酱料，放在碗底。另一边一大锅滚水，下面条和空心菜滙熟后拌面时吃，味道不错。另外卖的是豌豆和肉碎酱的面，没有任何料都不加的小面那么好吃。当然，两种面都是辣的。

朝天门是一个服装批发中心，人流特别多，小吃也多。看到一张桌子，上面摆了卤水蛋、咸蛋、榨菜、肉碎，等等，至少有十六盘，客人买了粥、粉条或馒头，就坐下来，菜任吃，不知道怎么算钱的。行人天桥上有很多档口，卖的是“滑肉”，名字有个肉字，其实肉少得可怜，用黑漆漆的薯粉包成条状，样子倒有点像海参，煮了大豆芽，就那么上桌。桌上有一大罐辣椒酱，有了辣，重庆人不好吃也觉得好吃起来。

另一摊卖饼，用一个现代化的锅子，下面热，上面有个盖，通了电也热，就那么一压，加辣椒酱而成。制作简单，意大利比萨就是那么学回去的吧？最初看不上眼，咬了一口，又脆又香，可不能貌相。这家人叫“土家吞脆饼”，还卖广告，叫人实地考察，洽谈加盟。每市每县，特准经营两家。在香港的天水围大排档区要是不被政府限制的话，倒是可以做的一门生意。

中午，在一家无名的住宅院子里吃了一顿住家饭，最为精彩。像被人请到家里去，那碟腰花炒得出色，餐厅里做不出来。因为每天客满，又不能打电话订位，只有一早去，主人给你一张扑克牌，一点就是第一桌，派到五六桌停止。每桌吃的都是一样的，当然又是辣的。这种好地方，介绍了也没用，而且太多人去，水平反而下降。我们能尝到，是口福。

吃了那么多顿辣菜，胃口想清净一下，问《食在中国》的制片主任苏醒，有什么不辣的菜吗？苏醒人长得漂亮，名字也取得好。

“我走进成都的馆子，可以点十五道不辣的菜。”我说。“重庆的当然也行。”她拍胸口。翌日下午拍摄节目时，她又向我说：“我已订了一桌，有辣有不辣。”“不是说好全是不辣的吗？”她只好点头。

晚上，我们去的应该是重庆最高级的餐厅“渝风堂”。在车上，我向美亚厨具的老总黄先生说：“重庆人除了辣，就是辣。这一餐，如果不出辣菜，我就把头拧下来放在桌子上。”

地方装修得富丽堂皇，主人陈波亲自来迎。上的第一道凉菜，就是辣白菜，我笑了出来。“不辣，不辣。”重庆人说，“是香。”我摇摇头。接着的菜，的确有些不辣的，但都不精彩。陈波看了有点儿担心，结果我说：“别勉强了，你们餐厅有什么感到自豪的，就拿出来吧。”

这下子可好，陈波笑了，辣菜一道道上，农家全鱼、水煮牛肉、辣鱼、辣羊肉、辣粉羔肉，等等，吃得我十分满意。

临上飞机，还到古董街去吃豆腐脑，他们的食法很怪，要和白饭一块儿吃。两种味道那么清淡的食物怎么配得好？请别担心，有麻辣酱嘛。

到处都可以看到卖羊肉的招牌，不吃怎行？到一家叫“山城羊肉馆”

的老店，想叫一碗羊杂汤，没有！原来又是像火锅一样，把一碟碟的生羊肉、羊肚、羊肠放进去煮，最好吃的，是羊脑。羊痴不可错过。

经典潮州菜，美味不失原生态

周游各地，新加坡的“发记”，应该是世界上最好的茶餐厅之一。地点在厦门街的旧区翻新建筑物之中，地方宽敞，带有浓厚的唐人色彩，装修则无中菜馆的花花绿绿，一切从简，以食物取胜。

老板李长豪，肥肥胖胖，四五十岁的人，是当厨师的最佳状态。他整天脸露笑容，门牙中有一个小缝，平易近人。大师傅难不了他，有什么人不干就亲自下厨，当然，出品水平的控制，食物的设计，都是出于他一个人。

从他的祖父到父亲身上学来的潮州菜，一点也没走样。当年辛辛苦苦从大排档做起，在同济医院旁的咖啡店煮炒到现在，数十年工夫。

最难得的是，翻江过海到南洋的华侨，勤奋地种下根后，菜式的变化不多。也许这是一种固执，但只有固执，才不会搞出令人闻之丧胆的混合菜来。又因为这些华侨中间无断层，李长豪的潮州菜，比在潮州吃到的更正宗了。什么叫正宗呢？举个例子吧。

鲳鱼，广东人不认为有什么了不起，因为它离水即死。不是游水的，不被重视。潮州人则不同，鲳鱼是上品，但会蒸的人，已不多，我怕这个古法消失，拍电视节目时特地跑回新加坡一趟，用摄影机记录下来。过程是这样的，潮州人认为鲳鱼应越大越好，取一条约两斤重的，只要蒸五分钟就熟。五分钟？怎么蒸？鱼身厚，面部太熟，底部还生呢？有办法，那就是在鲳鱼的两面横割深深的三刀，头部一刀，身上一刀，尾一刀，割至见骨为止。

这时，把两根汤匙放在底部的身和尾处，让整条鱼离开碟底，这样一来蒸汽便能直透。上面这边，则各塞一粒柔软的咸酸梅进割口处，头部以整条的红辣椒提起。

在鱼身上铺了切成细条的肥猪肉、姜丝、芹菜、冬菇片和咸酸菜，淋上上汤，汤中当然有咸味，不必加盐，最后是西红柿。以西红柿用来取味吗？不是，用来盖住鱼肚那部分，背上的肉很厚，腹薄，如此一来，才不会让蒸汽把鱼肚弄得过火，这简直是神来之笔。

放入蒸炉中，猛火，的确是五分钟就能完成。蒸出来的鲳鱼，背上的肉翘起，像船上的帆，加上芹菜的绿、酸菜的黄、冬菇的黑和辣椒的红，煞是好看，而那白色的肥猪肉则完全融化在鱼身上，令肉更为柔滑。这才是潮州古法蒸鲳鱼，连去潮州也吃不到了。

在“发记”，还能吃到不少的失传潮州名菜，像“龙穿虎肚”，很多潮州人听都没听过。做法是拿一条条五六英尺（一英尺约为三十厘米）长的鳗鱼，广东人叫花锦鳝，潮州人称之乌油鳗（亦叫黑耳鳗，因为它有两双黑耳），蒸到半熟，拆肉，拌以猪肉碎，再塞入猪大肠之中，炊熟后再煎的。

一般，我对鲍参翅肚没什么兴趣，像鲍鱼，卖到天价，吃来干什么？两头鲍早就尝过，还来什么二三十头？但是在“发记”做的，价钱相当合理，因为他们用的是澳洲干鲍，虽然肉质不及日本的，但胜在李长豪手艺好，可以搭救成一流料理。

程序是复杂的：浸十二小时，倒水，再浸十二个钟头。以老鸡三只，排骨六公斤，三层猪肉六公斤，鸡脚两公斤，大锅熬出三升汤来，再浸，这时用猪油来夹着鲍鱼，以八十五摄氏度火煮五十个小时，到那三升的汁变成一半为止。看着火候的，还有一个专人呢，当然不是一般下蚝油，去炆制那么简单。这时呈扁平的鲍鱼胀起，用手按，全凭经验看它是否软熟，弄到客人觉得物有所值为止。至于翅，则要选尾部下面那块，不识货的以为背鳍最好，其实鲨鱼游在水中，这个部分经常碰撞，有呈瘀血的现象，皆为下等翅。焖法以老鸡、鸡脚、猪肉皮、猪肚肉等，焖到汤汁收干为止，潮州人的翅，是不加火腿的。这些菜只能偶尔一试，我个人也反对杀鲨鱼，只把过程介绍一下而已。自己叫的菜，有一样很简单清淡的，黄瓜去皮去瓤，用滚水烫之，再浸以冰水，让瓜脆了，以小虾米和冬菜煮之，已比鱼翅好吃。另有一道鸡茸汤也不错，剁鸡肉不用砧板而是把鸡放在一大块猪皮上剁碎，此法亦失传。大家以为只有日本人吃刺身，不知道潮州早已有鱼生这道菜，但这要事前吩咐好才做得出。从前是用鲩鱼的，但近年来怕污染，只采取深海鱼“西刀”，切成薄片，像河豚一样铺在彩碟里，片片透明。配料倒是麻烦的，有菜脯丝、芹菜、酸菜、萝卜丝、黄瓜片和辣椒丝，等等，夹鱼片一起吃，后来演变为广东人通常吃的“捞起”，他们用的则是鲑鱼了。蘸着叫梅膏的甜酱吃，有甜有咸，或许有点怪，但潮州人这个吃法是从古老的口味传下，不好吃的话早就被淘汰。一定不能接受又甜又咸，那么有种叫豆酱油的作料，亦可口。最后的甜品有整个南瓜塞芋泥的金瓜盅。南瓜去皮后，用冰糖浸一天，才够硬不会崩溃，跟着芋头磨成泥，猪油煮之。塞入，再蒸出来，是甜品中的绝品。有一道失传的甜品，叫“肴肉糯米饭”，用冰糖把五花腩熬数个小时，混入带咸的糯米饭，上桌时还看到肥猪肉摇摇晃晃。我办旅行团，有些地方一切具备，就是找不到好吃的东西，胖嘟嘟的李长豪拍拍我的肩膀，说：“不要紧，带我去好了，我煮给你们吃。”好个发记，学广东人说：“真系（是）发达啦！”

吸骨髓，吃货才能体会到的美味

小时候吃海南鸡饭，一碟之中，最好吃的部分并非鸡腿，而是斩断了骨头中的骨髓，颜色鲜红，吸啜之下，一小股美味的肥膏入口，仙人食物也。现在叫海南鸡饭，皆是去骨的。无他，骨髓已变得漆黑，别说胆固醇了，颜色已让人反胃。现杀的鸡和雪藏的，最大的不同就是骨髓变黑，一看就分辨出来。

骨髓的营养，包括了肥油、铁质、磷和维生素 A，还有微量的维生素 B 等，都是对人体有益的。在早年，一剂最古老的英国药方，是用骨髓加了番红花打匀，直到像牛油那样澄黄，给营养不良的小孩吃。

在当今营养过剩的年代，一听到骨髓，就大叫胆固醇！怕怕，没人敢去碰。好在有这些人，肉贩都把骨头和骨髓免费赠送，让老饕得益。

凡是熬汤，少了骨头就不那么甜，味精除了用海藻制造之外，就是由骨头提炼出来的。

有一次去匈牙利，喝到最鲜美的汤，用大量的牛腿骨和肉煮出。肉剁成丸，加了椰菜。以两个碟子上桌，一碟肉丸和蔬菜，一碟全是骨头。有七八根左右吧，抓起一根就那么吸，满嘴的骨髓。一连好几根骨，吃个过瘾，怕什么胆固醇？有些在骨头深处的吸不出，餐厅供应了一支特制的银匙，可以仔细挖出。这种匙子分长短两支，配合骨头的长度，做得非常精美，可在古董店买到。当今已变成了收藏品，有拍卖价值。

英国名店ST. Johm的招牌菜，也就是烤骨髓（roasted bone marrow）。做法是这样的：先把牛大腿骨斩断，用水泡个十二至二十四小时，加盐，每回换水四至六次，令血液完全清除。烤炉调到四百五十摄氏度或两百三十摄氏度，把骨头水分烤干，打直排在碟中，再烤个十五至二十五分钟，即成。

起初炮制，也许会弄到骨髓完全跑掉，全碟是油，但做几次就上手。再怕做不好，入烤箱之前用面包糠把骨管塞住，骨髓便不会流出来。如果没有烤箱，另一种做法是用滚水炮制，煮个十五分钟即成，但较容易失败。

骨髓太腻，要用西洋芫荽中和。芫荽沙律是用扁叶芫荽，加芹菜、西洋小红葱，淋橄榄油、海盐和胡椒拌成，做法甚简单。把骨髓挖出来，和沙律一齐吃，或者涂在烤面包上面，但建议就那么吞进肚中，除了盐，什么都不加。

在法国普罗旺斯吃牛扒，也不像美国人那么没有文化，他们的牛扒薄薄一片，淋上各种酱汁。牛扒旁边有烤热的骨髓，吃一口肉，一口骨髓，才没那么单调。

意大利的名菜叫Osso Buco，前者是骨，后者是洞的意思。一定带有骨髓，最经典的是用茴香叶和血橙酱来炮制，叫Fennel&Blood Orange Sauce。制法是先把小牛的大腿斩下最肥大的那块来，用绳子绑住，加茴香叶和剥下的橙皮，放进烤箱烤四十五分钟，如果怕骨髓流走，可以在骨头下部塞一点剁碎的茴香叶。

羊的骨髓，味道更为纤细，带着羊肉独特的香气。最好是取羊颈。羊颈斩成八块，加洋葱、椰菜或其他香草，撒上海盐，烤也行，焗也行，羊颈肉最柔软，吸骨髓更是一绝。一样用羊颈，加上盐渍的小江鱼（ahchovies）来炮制，更是惹味。和中国人的概念："羊"加"鱼"得一个"鲜"，是异曲同工的。

印度人做的羊骨髓，是把整条羊腿熬了汤，用刀把肉刮下，剩下的骨头和骨边的肉拿去炒咖喱。咖喱是红色的，吸啜骨髓时吮得嘴边通红，像个吸血鬼。这种煮法在印度已难找，新加坡卖羊肉汤的小贩会做给你吃。

猪骨髓也好吃，但没有猪脑那么美味。点心之中，有牛骨髓或猪骨髓的做法，用豆豉蒸熟来吃，但总不及猪骨汤。把骨头熬成浓汤，最后用吸管吸出脊椎骨中的髓。

鱼头中的云状和那啫喱状的部分，都应该属于骨髓的一部分，洋人都不懂其味，整个鱼头扔之。鱼死了不会摇头，但我们看到摇个不已。大鱼，如金枪，骨髓就很多，日本人不欣赏，中国台湾南部的东巷地区，餐厅里有一道鱼骨髓汤，是用当归炖出来，嚼脊椎旁的软骨，吸骨中的髓，美味非凡。

家中请客时，饭前的下酒菜，若用橄榄、薯仔片或花生，就非常单调，没有什么想象力。有什么比烤骨髓送酒更好的？做法很简单，到你相熟的冻肉店，把所有的牛腿骨都买下，只用关节处的头尾，一根骨锯两端，像两个杯子，关节处的骨头变成了杯底。这样一来，骨髓一定不会流走，把骨杯整齐地排列在大碟中，撒上海盐，放进微波炉叮一叮。最多三至五分钟，一定焗得熟透。拿出来用古董银匙奉客，大家都会赞美你是一个一流的主人。

羊肉膻味十足，那才是天下美味

膻，看字形和发音，都好像有一股强烈的羊味，而这股味道，是令人爱上羊肉的主要原因。成为一个老饕，一定要什么东西都吃。怕羊的人，做不了一个美食家，也失去味觉中最重要的一环。凡是懂得吃的人，吃到最后，都知道所有肉类之中，鸡肉最无味、猪最香、牛好吃，而最完美的，就是羊肉了。北方人吃惯羊，南方人较不能接受，只尝无甚膻味的瘦小山羊。对穆斯林或游牧民族来说，羊是不可缺少的食物，煮法千变万化。羊吃多了，身上也发出羊膻来，不可避免。

有一次和一群香港的友人游土耳其，走进蓝庙之中，那股羊味攻鼻，我自得其乐，其他人差点晕倒。这就是羊了，个性最强，爱恶分明，没有中间路线可走。

许多南方人第一次接触到羊，是吃北京的涮羊肉。“涮”字他们不懂，一味叫“擦”。

南方人吃火锅，以牛和猪为主，喜欢带点肥的，一遇到涮羊肉，就向侍者说道：“给我一碟半肥瘦。”哪有半肥瘦的？把冷冻的羊肉用机器切片，片出来后搓成卷卷，都只有瘦肉，一点也不带肥。要吃肥，叫“圈子”

好了，那是一卷卷白色的东西，全是肥膏，香港人看了皱眉头。入乡随俗，人家的涮羊肉怎么吃，你我依照他们的方法吃好了，啰唆些什么呢？要半肥瘦？易办！只要夹一卷瘦的，另夹一卷“圈子”，不就行了吗？老实说，我对北京的涮羊肉也有意见，认为肉片得太薄，灼熟后放在嘴里，口感不够。而且冰冻过，大失原味，有一次去北京，一家小店卖刚刳完的羊腿，用人工切得很厚，膻味也足，吃起来才过瘾。

吃涮羊肉的过程中，最好玩的是自己混酱。一大堆的酱料，摆一桌面，计有麻油、酱油、芫荽、韭菜茸、芝麻酱、豆腐乳酱、甜面酱和花雕酒，等等。很奇怪，中间还有一碗虾油，就是南方人爱点的鱼露了，这种鱼腥味那么重的调味品，北方人也接受，一再证明，羊和鱼，得一个鲜字，配合得最佳。

我受到的羊肉教育，也是从涮羊肉开始，越吃越想吃更膻的，有什么好过内蒙古的烤全羊？整只羊烤熟后，有些人切羊身上的肉来吃，我一点儿也不客气，伸手进去，在羊腰附近掏出一团肥膏来，是吃羊的最高境界，天下最美味的东西。古时候做官的，也知道这肥膏，就是民脂民膏了。

吃完肥膏，就可以吃羊腰了，腰中的尿腺当然没有除去，但由高手烤出来的，一点儿异味也没有，只剩下一股香气，又毫无礼貌地把那两颗羊腰吃得一干二净。其他部分相当硬，我只爱肋骨旁的肉，柔软无比，吃完已大饱，不再动手。

记得去前南斯拉夫吃的烤全羊，只搭了一个架子，把羊穿上，铁枝的两头各为一个螺旋翼，像小型的荷兰风车，下面放着燃烧的稻草，就那么烤起来。风一吹，羊转身，数小时后大功告成。

拿进厨房，只听到砰砰砰几声巨响，不到三分钟，羊斩成大块上桌。桌面上摆着一大碗盐和数十个剥了皮的洋葱。一手抓羊块，一手抓洋葱，像苹果般咬，点一点盐，就那么吃，最原始，也最美味。

“挂羊头，卖狗肉”这句话，也证明大家说最香的狗肉，也没羊那么好吃。我在中东国家旅行，最爱吃的就是羊头了。柚子般大的羊头，用猛火蒸得柔软，一个个堆积如山，放在脚踏车后座，小贩通街叫卖。

要了一个，十块钱港币左右，小贩用报纸包起，另给一点盐和胡椒，拿到酒店慢慢撕，最好吃的是面颊那个部分，再拆下羊眼，角膜像荔枝那么爽脆。抓住骨头，就那么把羊脑吸了出来，吃得满脸是油，大呼“朕，满足也”。

到了南洋，印度人卖的炒面，中间有一小片羊肉，才那么一点点，吃起来特别珍贵，觉得味道更好。他们用羊块和香草熬成的羊肉浓汤，也美味。一条条的羊腿骨，以红咖喱炒之，叫作“笃笃”。吃时吸羊骨髓，要是吸不出，就把骨头打直了向桌子敲去，发出笃笃的声音，骨髓流出再吸，再笃，再吸，吃得脸上沾满红酱。曾和金庸夫妇一块儿尝此道菜，吓得查太太脸青，大骂我是个野人。

羊肉也可以当刺身来吃，中东人用最新鲜的部分切片，淋上油，像意大利人的生肉头盘。西餐中也有羊肉鞑靼的吃法，要高手才调得好味。洋人最普通的做法是烤羊架，排骨连着一块肉的那种，人人会做，中厨一学西餐，就是这一道菜，已经看腻和吃腻了，尽可能不去点它。

在澳大利亚和新西兰，羊比人还要多，三四十块港币就可以买一条大羊腿，回来洗净，腌生抽和大量黑胡椒，再用一把刀子，当羊腿是敌人，插它几十个窟窿，塞入大蒜瓣，放进焗炉。加几个洋葱和大量蘑菇，烤至叉子可刺入为止，香喷喷的羊腿大餐，即成。

至今念念不忘的是台湾的炒羊肉，台湾人可以吃羊肉当早餐，羊痴一听到大喊发达，他们的羊肉片，是用大量的金不换叶和大蒜去炒的，有机会我也可以表演一下。

听到一个所谓的美食家说："我吃过天下最美味的羊肉，一点儿也不膻。"心中暗笑。广东人也说过：羊肉不膻，天下最美味呀。吃不膻的羊肉，不如去嚼发泡胶。

金瓜米粉做得好，任何人都会爱你

曾经在《蔡澜食典》一书中提到南瓜。翻阅，发现菜谱有不足之处，现在补充。

先正名，若有个“番”或“胡”字，是经波斯和印度传来。西瓜已有，为什么我们不叫东瓜或北瓜而叫南瓜呢？当然是由南洋传过来。日本人叫南瓜为 kabocha，而叫柬埔寨为 kanbocha，也许证实了原来是在柬埔寨种的吧？我不是学者，姑且听之，但南瓜这个名字，总比不上闽南和潮州人叫的“金瓜”。

品种不少，绿色、鲜红和带斑点的皆有，但金黄色居多，叫作金瓜最恰当了。大起来有数百斤重，四个大人抱不起；小巧的有如玩具，苹果般大。也有圆形和瓢形，似柚子的，最适合做菜，可以去掉种子，刮下瓜肉，填入其他食材。

我们到菜市场去，常只注意菜心、芥蓝、白菜之类的蔬菜，忘记了金瓜。夏天，没有经过寒霜的蔬菜都不甜，是吃金瓜的最好时节。

记得小时候妈妈做的，切块后煎一煎，已是佳肴。南洋人还喜欢做好咖喱，填入金瓜中，蒸熟或焗熟后捧到桌上，热腾腾香喷喷，印象犹深。

泰国菜的“荷月”，就是一个例子，把鱼虾和贝壳类放进金瓜中，吃时发现金瓜好吃过海鲜。

但是做得最精彩的，是台湾人的金瓜炒米粉，正宗做法，详细的过程如下：先将金瓜刨丝，备用。金瓜丝分成两份，大的可以先炒至糊，当成汤浆混入米粉之中；小的那份后下，和米粉一起炒熟，只求扮相，不然看不到金色，就名副其实地“逊”了。

米粉要用新竹的细条米粉，浸一浸清水则可，不必用滚水泡。要泡的是虾米，泡完之水留着，如果炒米粉炒得太干时，可以放下。其他材料有肉丝、香菇丝和韭菜，等等，不放也行，但豆芽不可缺少，椰菜也得加。上桌时可立刻上爆香的小红葱头碎。

很少人懂得，但是炒金瓜米粉的精髓在于台湾人叫蚋仔的小蚬，去壳取肉，留汁，大量使用。

下油，当然要用猪油，爆香了蒜茸和虾米，将蚬肉、肉丝、香菇丝、椰菜丝和金瓜丝加在一起炒，炒至金瓜丝变成糊状，肉丝和小蚬的菜汁流出为止。这时就能将米粉和小部分的金瓜丝放进锅中，勤力翻炒。有些人不用锅铲，以一双筷子将米粉分散，不让它粘在一起。

秘诀在于炒至八分熟时，加泡虾米的水，另把易熟的豆芽和韭菜放进去，兜了一兜，上锅盖，让它焖一焖，焖至汤汁完全进入米粉之中。打开锅盖，下生抽，再兜一下，大功告成。小蚬、猪肉丝和虾米丝加上金瓜，已够甜。

通常整桌菜，金瓜米粉最后才上，吃得再饱，看见这道，也要多添三大碗。台湾人娶媳妇，先考她们炒米粉，普通炒米粉吓不倒奶奶，你们要是照我的方法炒个金瓜米粉，一定得到欢心，丈夫呢，已生米煮成熟饭，讨不讨好不要紧，不过有这道金瓜米粉，任何人都会爱你。

如果嫌麻烦，就煮金瓜。用清水，水滚后把切块的金瓜放进去，要煮多少时间才熟？这完全看你家里的火炉有多猛，锅有多大，金瓜的分量有多少，没有定法。但你可以一面煮一面用筷子插它，等到金瓜变得粉，就行了。骗人的方法，可以在水中加糖，当大家问你金瓜为什么那么甜，你说用的是最贵的日本金瓜好了。

煎也容易，但记得要用猪油，一用植物油就不香了。最好是爆小红葱头片，广东人叫干葱，那就会香上加香了。金瓜片别切得太厚，否则难熟。怎么才知道熟了没有？按照煮的方法，用筷子试呀。

金瓜磨成茸的做法更多，亦不难。放进搅拌器中打一打即是。西洋人最爱用来做汤了，一点本领也没有。金瓜已甜，连糖也不必下，他们会加奶油制成，洋厨最爱用奶油了，什么都加，唉！我们做的金瓜汤，只要切片就是。切得很薄，煮个二十分钟，最后才把鱼片放进去煮。如果先把鱼骨、葱、姜熬一熬，先做好汤底，味道更佳。

金瓜粥和番薯粥有异曲同工的效果，切块煮之则可。要不然，学洋人磨成茸，放入粥中煮，滚后打了鸡蛋进去。搅匀了，两者皆为金黄色，非常悦目。要考究可铺上火腿丝，选最瘦最好的部分，用吃鱼翅时切丝的做法去做。

包咸水饺的话，何必每次都是用蔬菜那么单调？把金瓜切丝，加猪肉碎、虾米或鲜虾亦可，就是另类的水饺，做成锅贴亦然。

甜品更是千变万化了，莫说潮州人的金瓜芋泥了，上海人的八宝饭，也可以填入金瓜之中。金瓜也可以加糯米粉做成汤丸，颜色就和白的不同。加西米可做布丁，当然不能忘记西洋人做的金瓜比萨薄饼。单单磨成金瓜汁，煮它一煮，就好喝过豆浆了。

分享粽子，过一个温暖的端午节

端午节将临，又是吃粽子的时候。

每次写到“糉”字，就想起傻。人吃米饭嘛，有个“米”字边就成“糉”，回到人旁，便是傻瓜一个。四十年前琼华酒楼的广告，写着一大“糉”字，下面中型的字体写着：边个话我傻。左右的小字写着：可祭三闾之魄，可供五脏之神。这个广告，也联想到“傻”字上面，或者因为粽子是糯米做的，囫囵吞之哽死，傻子一个，从了米旁。我用字还是喜欢“粽”，以米饭祭屈原老祖宗，很好。

文人论题，总爱由典故说起，所有的饮食文章都会告诉你粽子的起源和典故。读之重复又重复，如果你喜欢研究，看其他书去，我要讲的，是自己的一个吃粽子的旅程。

作为香港人，天天都能吃到粽子，只要你到粥面店，都有裹蒸粽出售，制法大概是从著名的肇庆蒸粽传来，但已没那么讲究，包的馅只有猪肉。正宗肇庆蒸粽的馅料有五香粉猪腩肉、咸蛋黄、虾米、栗子、蚝豉、香肠和腊鸭。蒸的时间规定用大锅，蒸十分钟。

现在的肇庆粽水平如何，没机会去试，最靠近那种味道的，反而在澳门找得到，清平直街内的“杏香园”做的粽子材料十足，四粒象棋般大的江瑶柱和三个蛋黄，绝不欺客。

一近端午，各形各式的粽子就出现，有的不在味觉上下功夫，只是求大，故有所谓珍宝粽的出现，比普通的大出三五倍来；还有人想打破世界纪录，做出六百公斤的粽王，怎会好吃呢？蒸它三百六十五天也不透。

包粽的材料，最初用竹筒，这种做法还流传到老挝、缅甸一带，把糯米塞入竹筒中烧烤出来，没有馅的居多。你如果想尝试一下，可在九龙城的泰国杂货店买到。接着是用竹叶、芦苇叶，也有芭蕉叶和莲叶包的。奇异品种在台湾嘉义，有种叫山猪耳的，生长在峭壁上，它比竹叶更厚更韧，又有一股幽香，是包粽子的最好材料。

广东中山生长的芦兜，村中儿童斗的金丝猫蜘蛛，最爱藏于它的叶片中；用芦兜来包粽子，据说可持久不坏。说到中山，所制碱水最佳，把稻草、勒树和一种叫苏木的芯烧成灰，水浸后就成碱水，它炮制的碱水粽不用冰箱，放它一个月来吃也不要紧。

现在的碱水粽，就是放弃竹筒，以竹叶来包的原始形态和味道，用的黍米又叫大黄米，古时候叫黏黍，包出来的东西称为角黍。湖北省西部城镇秭归为屈原的老家，至今还用最传统的方法包粽，但黍米已被糯米代替，制法为：芦苇叶用沸水烫软，裹时每次用三张叶，置左手掌中，撑开，下面两片重叠，上面一片在两张叶交缝处压实，左右相折卷成三角圆锥形，放糯米与一颗红枣，压实卷包成菱形粽子，用芦苇扎紧，大火焖煮即成。

古时一般老百姓都穷，没肉吃，也没糖，甜味出自那粒红枣，山东名点之一叫黄米红枣粽，到现在还用黄米。用糯米包粽，始于唐代。

台湾有种粿粽，则将糯米舀成黏膏，再把瘦肉拆成丝，用糖炒过来包的，味道相当不错。经济起飞后，许多著名的台南担仔面店纷纷推出豪华粽子，馅中有鲍鱼、江瑶柱、生蚝、海参、鱼翅，等等，以本伤人。吃一两个还可以，多了生腻，当然比不上老百姓最爱的烧肉粽，基本上它只包着肥猪肉，但用五香粉腌过，香料味极重，这也是由福建泉州传来的小食。至于台南的吉仔肉粽，馅中百味杂陈，也许是肇庆粽传过去的吧？

粽子的形状现在只剩下三角形和长形罢了，从前有菱粽、丸子粽、百索粽和牛角形的角黍，都已淘汰掉了。香港人把附近地区叫作南方，珠江三角洲以上的都是北方，大致三角形的叫作南方粽，枕头或长方形的都是北方粽。

代表北方粽的有嘉兴粽子，从上海登沪杭甬公路，途中休息站中卖嘉兴粽，买一个来试试；打开粽叶果然香味扑鼻，馅只有肥猪肉一块，但已蒸得融化进糯米中，好吃自然有它的道理。

嘉兴五芳斋已有上百年历史，在糯米中按次加糖、盐、红酱油拌匀。将猪腿肉去皮，横切成肥瘦兼有的长方条，加调味料反复搓擦，包成长方形，用水草捆扎六圈，再将草绳头尾并在一起，转三转塞入草内。水草绕得紧紧的，但不能扎死，不能打结。大火煮一小时，停火后焖，吃时草绳容易解开才是真功夫。

粽子无论怎么变化，有三种基本材料：米、叶和绳。最早的记载有五色线绳，除了草绳，现在有人用棉绳，但是到塑料绳也派上用场时，那颗粽，不吃也罢。

至于湖州的褚小昌老店的猪油豆沙粽，据唐鲁孙先生说："吃到嘴里甜度适中，不太甜也不腻口，尤其是粽子包扎的松紧，恰到好处，糯软不糜，靠近豆沙的不夹生，靠近粽叶不黏滞。"这是别家粽子店做不到的，把他老人家引得口水直流。

一般粽子不是甜就是咸，唯一变化是潮州的，它一半咸，有肥猪肉和栗子等；一半甜，是豆沙，汕头妈祖宫的粽子最著名。

粽子一下子就吃饱了，停不下的人过后一定很辛苦，喜欢的话可以分开进食，把剩下的切片，再煎炸出来吃。或者再用小叶包之。要找迷你粽，泰国人手工细，他们包得一串串，每颗只有葡萄般大。粽子加工，叫作粽再蒸，是清代名点之一。

香港九龙城的新三阳南货店，包的粽子最好吃，白米粽和碱水粽卖七块港币。猪肉粽十四块港币，蛋黄和肉的十七块港币，金华火腿的二十九块港币。最豪华的粽是很大只，包鲜肉、蛋黄和金华火腿，要卖到四十五块港币了。住在香港很好运，天天过节，日日吃粽，在这里做傻瓜也幸福。

舒服食物

到了吉隆坡，入住 Ritz-Carlton，酒店分两栋：一是客房，二是供长期居客的公寓，我在后者下榻，较像住宅，很闲适。

要消夜，可走到酒店后巷的咖啡店，那里有档云吞面，还有家卖槟城炒粿条的，更是精彩。粿条就是河粉，但比河粉薄，下的料又多得很，翻一翻来看，共有：血蚶、腊肠片、鸡蛋和豆芽等；隐藏在里面的，还有菜脯和猪油渣。

睡了一夜，翌日一大早起身，沏杯浓得像墨汁的普洱清清肠胃，就到外面散步。

过了几条街，就是 Imbi Road 了。角落有家叫“兴城”的咖啡店，早晨六点多已开始营业，先到各个档口巡视一下，顺便点菜。

卖米粉汤的，一大碗，上面铺着香肠和鱼丸，还有大量的卤肉碎，佐料溶入汤中，先喝完，再慢慢享用米粉。

另外又来一碟干捞云吞面，汤另上，里面有几个鱼皮饺，面中夹着叉烧，淋上浓酱油，黑漆漆的，但一入口就知厉害，好吃无比。马来西亚的云吞面和香港的完全不一样，各有所长，但是二者都有共同点，就是没有猪油不行。

英文有个词语，叫“comfort food”，是吃得舒服的意思。的确，我最喜欢，它很基本，滋味地道，在家里做不出，外食时最为美味。山珍野味和鲍参肚翅，遇到了都要走开一边，是百食不厌的。

舒服食物各地不同，你是什么地方的人，就吃什么东西，像法国人的羊角包，英国人的青瓜三明治，俄国人的罗宋汤。

互相吃不惯，他们看到我们把黑漆漆的面吃得津津有味，皱起眉头；我们见到他们啃汉堡包，也觉得为什么如此寒酸。

舒服食物的定义，在于从小吃到大的东西，绝对是过瘾的。英文中只有以舒服来说明，在中国人心里，舒服食物代表了亲情、温馨、幸福和无穷的回忆，万岁、万岁、万万岁！

平淡的日子里，最家常的味道

正愁找不到题材写作时，《饮食男女》的记者 Connie 来传真询问关于酱萝卜的事，启发了随想。

最初，接触到的是潮州人的萝卜干，叫作菜甫。剁成碎粒，用来炒蛋一流。潮州人认为菜甫越老越好，其实新鲜腌制的也不俗。带着浓重的五香味和甜味，切成薄片送粥，是家常便饭。

做潮州鱼生时，有种种配料，菜甫丝是少不了的，其他有芹菜、生萝卜丝、青瓜丝和一种叫酸杨桃的，样子像长形的萝卜，酸得要命。因为点的青梅酱，又甜又酸，只有用咸菜甫来中和。

广东人有道汤，只用咸萝卜和冬瓜来煲。清淡之中见功力，也是我喜欢喝的。潮州做法是加了姜片，但也下几块肉，味道才不会太寡。

腌渍了二十年以上，老菜甫会出油。已当成药物，小孩子消化不良，父母喂他们喝口老菜甫油，即刻打噎，肠胃通畅，神奇得不得了。

咸萝卜由冲绳传到全日本去，冲绳岛的菜甫和潮州的一模一样，制法是把萝卜晒干了，用海水放入缸中腌渍，我们叫缸，日本人称壶，故有“壶渍”（Tsubo Tsuke）之名，鹿儿岛生产的最著名，叫作“山川渍”

（Yamagawa Tsuke）。

菜甫这种渍物在日本并不十分流行，只有乡下地方人才爱吃。在当地最普遍的是黄颜色的“泽庵渍”，又简称为泽庵（Taku-An）。名称来由有多种传说，但最可靠的传说是由禅宗大师泽庵（1573—1645）发明的，故此名之。

泽庵的制法有两种：干燥后灌盐处理，或不用日晒，用盐渍之，让它脱水。前者外皮皱，后者光滑，可分别。因和叶子一块儿渍，产品呈自然的黄色，加甘草和盐的人工制品下了色素，颜色黄得有点恐怖，最为下等，尽量少食。最美味的是一种叫 Iburiggako 的秋田泽庵。秋田县多雪，萝卜拔取后不能日晒，就吊在家里的火炉上烟熏，熏叫 Ibur，而 Ggako 是渍物的秋田方言，近年已建了熏房大量制造，味道较为逊色了。

京都人都不爱吃泽庵，他们喜欢的是一种叫“千枚渍”（Senmai Tsuke）的酱菜，材料虽说是萝卜，和传统的有所不同，是个圆形的东西，小若沙田柚，大起来像篮球，日本人称之为“芜”（Kabu）。

把皮削掉，切成薄片，一个大芜可片无数，故有千枚，即千张之名，用盐、昆布、茶叶和指天椒腌制，产生自然的甜味，在京都随处可找到，可惜现在已用调味品代替古法。下了糖，味道便不那么自然了。

但说到日本最精彩的酱萝卜，那就非“Bettara Tsuke”莫属。它是东京名产，用酒糟来腌制，原形还粘着米粒，酒糟更能把萝卜的甜味带出来，但那股甜味是清爽的，和砂糖的绝不一样，就算喝酒的人不喜欢吃甜，一尝此味，即刻上瘾。高级的寿司店中经常供应，让客人清清口腔，再吃另一种海鲜。用它来送酒，也是天下绝品。

但藏久了就走味，每年农历十月十九日，供拜生意人“寿比惠神社”

的七福神就举行 Bettara 祭，表示最新鲜的渍物上市，这时味道最佳，我常在这段时期大量买回来吃。手提行李中装了一大包，在飞机中打开来吃，那股臭味攻鼻，熏得空姐逃之夭夭。

这是因为萝卜皮和曲母引起的化学作用，但和臭豆腐一样，闻起来臭，吃起来香，不过新鲜的 Bettara 是没有那阵异味的，闷久了之后才挥发出来。韩国人的渍物最常用的原料是白菜，除了白菜，就轮到萝卜了。把萝卜切成小方块，用盐、辣椒酱和鱼肠腌制，称为“Kakuteki”。那个“kaku”的发音，有点像“角”，旧时他们用汉字的时候，“teki”应该是萝卜吧？这种渍物又脆又酸又甜又辣，非常好吃，尤其到了冬天，在小店中生了火炉，已经觉得有点热时，来几块冰冷的酱萝卜角，感觉美妙。把整碟吃完，剩下的酱汁用来倒进牛尾汤饭之中，搅动一下，有点腥味和臭味发出，更能引起食欲。

韩国人叫泡菜为金渍，不是所有金渍物都是干的，也有水金渍，那是把萝卜切片或刨成丝，浸在酒糟和盐水之中，可当汤喝。

说回中国的酱萝卜，小时候吃过镇江的，是一颗颗像葡萄一样大的东西。爸爸解释：在镇江种的萝卜都是这一类的种，隔了一区，到了省外，就是大型的直根状。镇江种的一从泥土中揪出来，一大串，至少上百颗，粒粒都又圆又小。很想吃回这种产品，可惜现在在国货公司或南货店都找不到了。

天下最美味的酱萝卜，应该是“天香楼”炮制的，做法简单，切成长条用盐水和生抽混合，加花椒和八角腌成。但是做法虽说简单，在“天香楼”之外，所有模仿它的杭州菜馆，包括杭州本土的老字号，都吃不到此味，就是那么神奇。大批日本老饕来吃大闸蟹，一尝到杭州酱萝卜，都很震惊，感叹日本人的泽庵再厉害，也比不上，俯首称臣。想一罐罐买回去，“天香楼”要看是什么人请客，给面子，才分点，被他们当宝带走。

咸酸甜，日日是好日

小时候，一生病，妈妈就带我去一家叫“杏生堂”的中药局去看医生。

把把脉，伸出条舌头，这就能看出病来吗？我一直怀疑。煎出来的那碗浓药将会那么难喝，打个冷战，但又想起喝完药后的加应子、陈皮梅、杏脯，都是我爱吃的东西，这就是大人所说的先苦后甜吧。

病了最好是吃粥。我不喜欢白粥，但却极喜欢下粥的咸酸甜。潮州人自古穷困，吃一点盐腌的食物便能连吞三碗白粥，后来连菜也叫成“咸”，吃饭的时候，父母总命令孩子：“别猛吞饭，多吃咸。”

所谓咸酸甜，便是专门送白粥的小吃。将各种材料腌成咸的、酸的、甜的，简称“咸酸甜”。

妈妈带着我，从杏生堂步行至新巴刹。“巴刹”，阿拉伯语的Bazaar音译过来，“市场”的意思。这个新巴刹的客人以潮州人为主，露天菜市中，有一档我们经常光顾的咸酸甜。

由一位中年妇女挑着的担子，扁担两头各有一个大铁盘，上面一堆一堆的小菜，咸酸菜是黄的，半截咸橄榄是紫的，酸胡萝卜是红的，色彩缤纷，未尝味道，已经口水直流。

代表性的当然是咸酸菜，老潮州人无此小菜不欢，像韩国人的金渍Kimchi 泡菜一样。到今天，上潮州菜馆时，桌上一定先来一碟咸酸菜，好坏一试就知。此碟菜要是做得不好，那间餐馆就别去了。

咸酸菜是用芥菜头腌的，酿制后发酵，产生酸味，切成块状，最后撒上南姜粉。高手做出来的咸酸甜适中，味道错综复杂，一试便放不下筷子，吃到咸死、酸死、甜死为止。

“死”字，潮州话中已不是字面上的意思，表示“很”或“非常”，并非不吉祥之语。

咸死人的，莫过于一种叫“燎昭”的小贝，它的壳一边大一边小，但夹得紧紧的，永远剥不开。吃时只要用拇指和食指捏起，以拇指轻轻一推，便出现了又薄又细的肉，没有吃头，吞进口只觉一阵鱼腥，再来便是完全的死咸。

咸中带香的是小蟛蜞，铜板般大，用酱油泡制，打开壳，里面充满膏，仔细嚼噬，一阵阵香味，好吃无比，是只迷你大闸蟹。

近年已不见此种蟛蜞，大概河水污染，都死光了，只在泰国才看到。泰国菜中有一道叫“宋丹”的，把生木瓜丝舂碎来吃，舂的时候要下一只蟛蜞，味道才不单调。

上海人也爱吃蟛蜞，上海的咸菜之中，有许多和潮州人非常相似的。除了蟛蜞之外，还有他们的“黄泥螺”，潮州人也吃，叫“钱螺鸡”，这个“鸡”字，凡是海产腌制的都叫“鸡”，只是个发音，真正的字我查不出是怎样写的。

细心食之，会发现上海黄泥螺比潮州的大，肉肥，壳较厚，这种指甲般大的螺，放在口中一吸，整块螺肉入嘴，剩下透明的壳。潮州的肉小，但较柔软，吃了没有渣，各有特色。我还是喜欢上海的，现在也可以在南货店中买到，装在一个果酱玻璃瓶内，但嫌它太咸不能多吃。最近发现上海老铺“邵万生”有此产品，包装得漂亮，螺肉大，不太咸，可以一连吃二三十粒，也不口渴，但一罐也要卖六十多块港币。

潮州咸酸甜中，盐水橄榄不可不谈，它有整节拇指般大，外层黑漆漆，已被浸得软软的，一口咬下，肉是紫颜色，三两下子便吃得只剩下那颗大核。等大人吃完后，收集了五六粒，便放在地上拿铁锤来击之，碎得刚好的话，果仁完美地裂出，吃了有阵极特别的香味，比花生核桃好吃数十倍。但是敲得不准，核断成两截，仁镶在核中，只好用牙签挖，一定不能完整地挖出来，只能吃到那么一点点，非常懊恼。

有时小贩也将黑橄榄的核剥出，留下两截肉，压得扁扁的拿来卖，称之为“榄角”，这又是另一种方法的炮制，加了糖，咸中带甜，从前买了就那么吃将起来。现在偶然在街市上看到，见苍蝇叮在榄肉上，已不太敢吃。最后还是买回来，用冷水冲一冲之后，铺在鱼面蒸，是道很美味的咸。

大芥菜切块后，用鱼露腌之，也是我最爱吃的，它的味道有点苦，也有点微辣，很吸引人。因为太过喜欢吃，后来自己学会炮制，改良又改良，现在家里做的芥菜泡菜，水准已远超小贩卖的了。

我家的泡菜，放大量的蒜头，加泰国指天椒，添少许的糖。鱼露的腥气令蔬菜中有肉味，并非只是素菜那么简单，泡了数天，又有点酸味。

吃起来，甜酸苦辣，和人生一样，有哀愁，也有它的欢乐。

经过物质贫乏的日子，只靠泡菜下饭，人生坚强得多。现在超级市场中任何东西都有，人们只懂得享受，不能回头，我庆幸自己没有忘记简单、淳朴的过往，什么事都难不倒我。吃泡菜和白粥，照样能过活。

咸酸甜，日日是好日。

真正会吃的人，是不胖的

不知不觉，我成了所谓的“食家”。

说起来真惭愧，我只是一个好奇心极强的人，什么事都想多知道一点。做人嘛，有什么事做得多过吃的？刷牙洗脸一天也不过是两次，而吃，是三餐。问得多，就学得多了。

我不能说已经尝过天下美食，但一生奔波，到处走马看花，吃了一小部分，比不旅行的人多一点罢了。命好，在香港度过黄金期，是吃得穷凶极恶的年代，两头干鲍不算什么，连苏眉也被当成杂鱼。

法国碧丽歌黑松菌鹅肝、伊朗鱼子酱、意大利白菌，凡是所谓天下最贵的食材，都尝了。

苏东坡说得最好，他的禅诗有“庐山烟雨浙江潮，未到千般恨不消。到得还来别无事，庐山烟雨浙江潮”。

“庐山烟雨浙江潮”只是象征着最美好的事物，诗的第一句和最后一句的七个字完全相同，当然是表现看过、试过就不过是那么一回事儿。自古以来，也只有他一个人敢那么用，也用得最有意境了。

干鲍、鱼子酱、黑白菌和鹅肝又如何？还不是庐山烟雨浙江潮？

和我一起吃过饭的朋友都说："蔡澜是不吃东西的！"

不是不吃，而是他们看到的时候吃得少。我的早餐最丰富，中饭简单，晚上只是喝酒，那是我拍电影时代养成的习惯，一早出外景，不吃得饱饱的就会半路晕哩！

没应酬在家进餐，越来越清淡。一碟豆芽炒豆卜，已经满足。最近还爱上蒸点小银鱼仔，淋上酱油铺在白饭上吃，认为是绝品，其他菜一样都不要。

"你是食家，为什么不胖？"友人问。

一切浅尝，当然肥不了，但还是装腔作势，回答说："真正会吃的人，是不胖的。"

我喜欢看别人吃东西，多过自己吃东西

其实，我喜欢看别人吃东西，多过自己吃东西。

什么都吃，吃得津津有味的相貌，是多么赏心悦目。

最怕遇到对食物一点兴趣也没有的人，这种人多数言语枯燥，最好敬而远之，不然全身精力都会被他们吸光。

各有选择，我对素食者并不反感，尊重他们的权利。你吃你的斋，我吃我的荤，互不侵犯。

讨厌的是吃斋的人喜欢说教，认为吃有机种植的蔬菜才是上等人，吞脂肪的人像患麻风，非进地狱不可，永不超生。

素食者人数一多，对肉食者群起而攻之，凡肉类，都是病源。我没有不舒服，却一定要说到我去看医生。

素食者人数一少，便眼光光地坐在一旁，看别人大鱼大肉，自己做委屈状：啊！我这个可怜的人，什么东西都没的吃！啊！可怜呀！好可怜呀！

已经专为这种人叫了一碟什么罗汉斋之类的。一上桌，试了一口。咦！怎么这么难吃？从此停筷，继续做他们的委屈状。

当然，又不是素菜馆，大师傅烧不惯，像个样子已经算好的了。不吃白不吃！算了！

吃素没什么不好，但是强迫儿女也一起吃斋，就是罪过。这些人的儿女长大后，和他们的面孔长得一模一样，面黄肌瘦。

有一位朋友，不但不吃肉，连蔬菜也不碰，一味喝酒。她一坐下来就向各位声明，不太吃东西，主人不相信，拼命夹菜给她，她只是笑笑，也不拒绝，但不碰就不碰，反正早已告诉过你，不能说我浪费。这种人，什么都不吃，也可爱。

吃的，只是份盲目的爱

小时候，父母都逼我们吃一种补脑的药品，名为“散纳吐精”（Senatogen）。

一大汤匙黄颜色的粉吞下，味道可真难闻，有点像曱甴（yuē yóu，多用于方言，指蟑螂）的排泄物，虽然我们都不知道排泄物是怎么一个味道，总之最难闻的，都称为排泄物，吃了进去，即刻想吐。看瓶子的招牌写吐精，当年还没有长出来，不知精是怎么一回事儿，想吐就是，管他什么精。

说明书上，也无壮脑的句子，说是多种维生素罢了，不知中国人怎么会把脑子和它拉上关系，一传十，十传百，所有的家长都迷住这个产品，反正自己不用服，难不难吃无所谓。

看它的成分说明，只是些碳水化合物、脂肪和蛋白质，有一项提及精力，究竟是什么精力，也不加注解，总之有劲就是，会增加体力，尤其在生病和受伤之后，又说对婴儿和刚生育过的母亲有帮助。说明中也提到它有高成分的“酪蛋白”，也称为“干酪素”，大概是奶酪提炼出来的东西。那么，为什么不干脆吃奶酪？为了想知道多一点关于“散纳吐精”的资料，试试上网找。某某厂的网站上只解释维生素的作用，可能这家厂已转型，变成卖其他药的了。

去药房找，店里的年轻伙计瞪大了眼望我，像看到一个疯子。“吐什么精？”他问。店里走出一个老头，可能是他爸爸，向他喊道：“补脑粉嘛！”“唔，你要吃补脑粉，何必一定买这牌子的东西，我们店其他产品多的是，介绍给你几种别的。”他说。

我摇头，算了，走出店外。小时候吃了那么多，是白白浪费了，至今头脑还是不好，但那股味犹在口中。吃的，只是份盲目的爱。

图书在版编目（CIP）数据

吃好，喝好，日子过好 / 蔡澜著. -- 北京 : 中国友谊出版公司, 2019.5（2023.3重印）

ISBN 978-7-5057-4699-2

Ⅰ. ①吃… Ⅱ. ①蔡… Ⅲ. ①散文集－中国－当代 Ⅳ. ①I267

中国版本图书馆CIP数据核字(2019)第069676号

书名　吃好，喝好，日子过好
作者　蔡澜
出版　中国友谊出版公司
发行　中国友谊出版公司
经销　新华书店
印刷　北京世纪恒宇印刷有限公司
规格　880×1230毫米　32开
　　　8.5印张　163千字
版次　2019年5月第1版
印次　2023年3月第2次印刷
书号　ISBN 978-7-5057-4699-2
定价　55.00元
地址　北京市朝阳区西坝河南里17号楼
邮编　100028
电话　（010）64678009